EL ESPEJO
ENMENDADO

EL ESPEJO ENMENDADO

Alix E. Harrow

Traducción de David Tejera Expósito

Revisión de Juan Manuel Santiago

Galeradas revisadas por Sigrid Herzog Lorenzo

Rocaeditorial

Título original: *A Mirror Mended*

© 2022, Alix E. Harrow

Ilustraciones del interior: Michael Rogers

Primera edición en este formato: mayo de 2023

© de esta traducción: 2023, David Tejera Expósito
© de esta edición: 2023, Roca Editorial de Libros, S.L.
Av. Marquès de l'Argentera, 17, pral.
08003 Barcelona
actualidad@rocaeditorial.com
www.rocalibros.com

Impreso por Egedsa
Printed in Spain – Impreso en España

ISBN: 978-84-19283-62-7
Depósito legal: B 6905-2023

RE83627

Para los que hacen todo lo posible
por intentar vivir. Felices, sin más

1

$\mathcal{M}$e gustan esos «y vivieron felices y comieron perdices» tanto como a cualquiera, pero después de experimentar cuarenta y ocho iteraciones diferentes del mismo (o cuarenta y nueve, si contamos la boda de mis exmejores amigas), la verdad es que empieza a perder la gracia.

No, no os confundáis, me esforcé al máximo para conseguir esos cuarenta y nueve finales felices. He pasado los últimos cinco años de mi vida recorriendo todas y cada una de las repeticiones de la Bella Durmiente, persiguiendo los ecos de mi historia de mierda a través del tiempo y del espacio y haciendo que sean un poco menos terribles, como una mezcla entre el *Doctor Who* y un buen editor. He rescatado princesas de colonias espaciales, castillos y cuevas; he quemado husos y bendecido bebés; me he emborrachado con al menos veinte hadas buenas y me he enrollado con todos los miembros de la familia real. He visto mi historia repetida en el pasado, en el futuro y en tiempos que nunca fueron ni serán; la he visto con los personajes cambiados de género, de manera más moderna, más cómica, más infantil, más extravagante, más trágica, más aterradora, como una alegoría y como una fábula; la he visto interpretada por animales del bosque parlantes, con rimas y, más de una vez, vaya por Dios, coreografiada.

Claro que a veces me canso un poco. A veces me despierto y no sé dónde ni cuándo estoy, y me da la impresión de que todas las historias se emborronan para conformar un ciclo único e interminable de dedos pinchados y de jóvenes condenadas. A veces titubeo al borde del precipicio de la siguiente historia, agotada a niveles básico y molecular, como si mis átomos estuviesen desgastados después de enfrentarse con tanto ahínco a las leyes de la física. A veces haría cualquier cosa, cualquiera, por no saber qué es lo que va a ocurrir a continuación.

Pero pasé los primeros veintiún años de mi vida siendo Zinnia Gray, la joven moribunda, pasando el rato hasta que llegase mi fin. Técnicamente se podría decir que aún me estoy muriendo (pues como todos, ¿no?), y que la vida en mi mundo natal tampoco es como para tirar cohetes (entre aventura y aventura, me dedico a dar clases como sustituta y he pasado los últimos veranos trabajando en la Feria Renacentista de Bristol, donde vendo las prendas y los recuerdos medievales más convincentes del mundo). Pero también soy Zinnia Gray, la saltadora de dimensiones, la puta ama salvadora de damiselas, y no puedo dejarlo... Ay. Puede que yo no consiga uno de esos «y fueron felices y comieron perdices», pero voy a hacer todo lo posible para que las demás sí lo tengan.

Me limito a no acudir a las fiestas posteriores, ya sabéis, a las bodas, los banquetes, los bailes y las escenas de celebración que van justo antes de los créditos. Antes me encantaban, pero de un tiempo a esta parte me resultan un tanto descafeinadas y tediosas. Las veo como un acto de negación colectivo, porque todo el mundo sabe que, en realidad, lo de comer perdices no está al alcance de todos. Cabría pensar que la expresión hace referencia a que la perdiz era un alimento que solo estaba al alcance de las clases más altas y que, por lo tanto, aparte de ser felices todos vivieron una vida opulenta y llena de banquetes. Pero hubo épocas en las que la carne de perdiz se consideró afrodisiaca, por lo que lo de «ser feliz y comer perdiz» podría adquirir un significado… diferente.

Si Charmaine Baldwin (mi exmejor amiga) me oyese hablar así, me pegaría un puñetazo ligeramente más fuerte que si lo hubiese hecho de broma y me sugeriría con tono cordial que no me pasara tres pueblos. Prímula (ex Bella Durmiente y ahora profesora de baile de salón a media jornada) se pondría como loca y empezaría a agitar esas manos pálidas suyas. ¡Es posible que, para intentar ayudarme, me recordase que se me había concedido una prórroga milagrosa y que debía considerarme una mujer afortunada! ¡Con signos de exclamación audibles en cada una de sus frases!

Después, puede que Charm mencionase, como quien no quiere la cosa, los cinco años de citas de radiología perdidas y las muchas recetas que había dejado sin rellenar. En algún momento, las dos intercambiarían una de esas miraditas suyas, diez mil megavatios de amor tan verdadero que el mero hecho de verlas haría que se me chamuscasen las pestañas, como si me hubiese acercado demasiado a un cometa.

9

Y yo recordaría el día en que estaba sentada en el banquete de su boda mientras ellas bailaban pegadas la versión de «Eres tú mi príncipe azul» de Lana del Rey, mirándose como si fueran lo único del universo que les importase y como si dispusieran de toda la eternidad para hacerlo. Recordaría cómo me levanté para ir al baño y mirarme a los ojos en el espejo antes de pincharme el dedo con una astilla de rueca para luego desaparecer.

Y, eh, antes de que os confundáis: esto no tiene nada que ver con uno de esos triángulos amorosos. De ser así, podría limitarme a decir «trieja» tres veces delante del espejo e invocar a Charm a mi dormitorio como si de una Beetlejuice lesbiana se tratase. No estoy celosa de su romance: ellas me quieren y yo las quiero a ellas, y, cuando se mudaron a Madison para las prácticas de empresa de Charm, alquilaron un apartamento de dos habitaciones sin discutir al respecto, aunque el precio era ridículamente alto.

Lo que fastidia es verlas tan felices, joder. Dudo que alguna vez se hayan quedado despiertas sobre la cama por la noche sintiendo que las limitaciones de sus vidas son como sogas ardientes que se les clavan en la piel, contando todas y cada una de sus respiraciones y preguntándose cuántas les quedan antes de que llegue el final, deseando cosas inútiles y estúpidas como haber nacido en un «érase una vez» mejor.

Pero así no es como funcionan las cosas. Una tiene que aprovechar al máximo la historia que le ha tocado vivir, y si resulta que dicha historia es una mierda de las gordas, pues más te vale tratar de disfrutarla todo lo posible antes de que se te acabe el tiempo.

Y, si con eso no es suficiente, si ese avaricioso corazón tuyo aún quiere más, te recomiendo que corras y no dejes de correr.

❋ ❋ ❋

Dicho esto, este «y fueron felices y comieron perdices» en el que estoy ahora podría considerarse una pasada. Es un banquete de boda más, pero hay chupitos de tequila y un carrito con churros. Y todo el mundo, bisabuela de la novia incluida, me da un buen repaso bailando.

Yo había aparecido por allí hacía dos semanas, siguiendo el eco familiar y distante de una joven que se lamentaba por su cruel destino. Aparecí en un dormitorio palaciego que parecía sacado directamente del plató de una telenovela, y allí conocí a Rosa, cuyo verdadero amor se había ahogado con una manzana envenenada y entrado en coma. Reconozco que lo de la manzana me dejó descolocada, y tardé un buen rato en saber dónde estaba, ya que había más traiciones repentinas y gemelas idénticas de lo que acostumbraba a ver. Pero al fin conseguí que Rosa evitase a su tía malvada y la colé en la habitación de hospital de su amado, donde lo besó con tanta pasión que lo sacó de un plumazo de su estado vegetativo. Él le propuso matrimonio, y ella dejó de besarlo solo el tiempo necesario para aceptar la oferta.

Intenté pirarme antes de la boda, pero la bisabuela de Rosa me quitó la astilla de las manos y me recordó que la tía malvada aún buscaba venganza, así que me quedé. Y, como era de esperar, la tía apareció durante la boda con un giro de guion de último momento que guardaba bajo la manga y que podría haberlo echado todo a perder. La encerré en los aseos de mujeres, y la bisabuela de Rosa colgó en la puerta un cartel que rezaba: ¡CUIDADO!

Ahora es pasada la medianoche, pero ni el DJ ni los bailarines dan muestras de querer marcharse. En cualquier otra circunstancia me habría largado por la puerta de atrás hace unas horas, pero resulta difícil sentir miedo existencial cuando vas hasta arriba de churros y de cerveza. Además, el primo segundo o tercero del marido se ha pasado toda la noche mirándome de reojo, y todos los habitantes de esta dimensión están tan excesiva y radicalmente buenos que me he pasado la mitad del tiempo parpadeando y susurrando:

—Dios bendito.

Y por eso no me he marchado. En vez de eso, le devuelvo la mirada con determinación al primo segundo o tercero del marido y le doy un sorbo lento a la cerveza. Él cabecea en dirección a la pista de baile, pero yo niego con la cabeza sin quitarle ojo de encima. Me dedica una de esas sonrisas propias de un presentador de televisión.

Diez minutos después, los dos nos afanamos con la tarjeta de su habitación de hotel para abrir la puerta; y veinte minutos más tarde, me he olvidado del resto de dimensiones excepto de esta.

Aún es de noche cuando me despierto. Dudo que haya dormido más de dos o tres horas, pero me siento sobria y tensa: son las mismas sensaciones que noto siempre que me quedo demasiado tiempo.

Me obligo a quedarme allí tumbada durante un rato, y contemplo el haz oblicuo de luz ambarina de la farola que recorre la piel de Diego y las rectas esculpidas en el gimnasio de su espalda. Me pregunto por un breve instante qué ocurriría si me quedase, si despertase todas las mañanas en el mismo mundo, con la misma persona. Apuesto lo que sea a que no estaría mal. A que incluso sería genial.

Pero mis extremidades han empezado a sufrir un ligero temblor, y siento un peso en los pulmones, similar al del cieno al acumularse en el fondo de un río. No puedo perder el tiempo con mis anhelos, ni con mis deseos. Ha llegado la hora de correr.

Recojo la ropa del suelo y me dirijo de puntillas al baño mientras tanteo el bolsillo de los pantalones vaqueros en busca del pañuelo. Envuelta y a salvo en el interior hay una astilla larga y afilada de madera, que coloco junto al lavabo mientras me visto. Puedo viajar entre dimensiones, y es algo que ya he hecho, usando poco más que un pasador de pelo doblado y mi fuerza de voluntad, pero resulta más fácil hacerlo con un pedazo de rueca de verdad. Seguro que, en caso de preguntarle, Charm se pondría a explicarme que se debe a la consistencia psíquica de las ideas redundantes y a la resonancia narrativa entre mundos. Pero ya no le pregunto nada.

Ni tampoco viajo tan ligera como antes. Hoy en día llevo una mochila deformada llena de pertrechos básicos de supervivencia (barritas energéticas, agua embotellada, cerillas, medicinas, ropa interior limpia y un móvil que no enciendo muy a menudo) y los desechos útiles de cuarenta y ocho mundos de cuentos de hadas (un pequeño saco de monedas de oro, una brújula que siempre marca la dirección hacia la que intento ir, un pequeño sinsonte mecánico que pía con tono estridente y desafinado cada vez que me encuentro en peligro mortal).

Me echo la mochila al hombro y miro el espejo, a sabiendas de lo que voy a ver y sin ningunas ganas de contemplarlo: una joven demacrada con el pelo grasiento y un mentón demasiado afilado que sin duda debería mandarle un mensaje a su madre para decirle que está bien, pero que probablemente no lo hará.

Pero resulta que no es a mí a quien veo en el espejo.

Veo a una mujer con los pómulos marcados y recios, y el pelo enroscado como una serpiente de seda alrededor de la cabeza. Los labios son de un rojo irreal e inquietante, como si fuesen una herida que le cruza el rostro, y tiene unas marcas rosadas a ambos lados de la frente. Es mayor que la mayoría de las bellas durmientes, con unas arrugas impasibles en las comisuras de esos labios demasiado rojos, y también es mucho menos guapa. Pero tiene algo cautivador, una atracción gravitacional que no soy capaz de explicar. Puede que sean los ojos, que me miran con una avidez fruto de la desesperación.

Los labios se mueven, silenciosos. «Por favor.» Alza una mano hacia el espejo, como si fuera una ventana que nos separase. Tiene las puntas de los dedos de un blanco exánime.

Llevo mucho tiempo metida en eso de rescatar princesas, por lo que no titubeo. Alzo los dedos hacia el espejo igual que ella, pero no parece haber nada. Siento el calor de su mano y también el ligero roce de su piel

Después cierra los dedos como garras alrededor de mi muñeca y tira de mí hacia ella.

*   *   *

Podríais pensar que los viajes interdimensionales son difíciles o que dan miedo, pero por lo general no son tan terribles. Imaginaos el multiverso como un libro infinito con páginas ilimitadas, donde cada una de ellas es una realidad diferente. Si recorrieses las letras de una de esas páginas las veces suficientes, es posible que el papel empezara a deteriorarse y que la tinta las atravesase. Pues en esa metáfora yo soy la tinta, y la tinta siempre acaba bien. Hay un breve instante en el que caigo de una página a otra mientras el pelo se me agita con una brisa que huele a rosas y a libros de bolsillo viejos, y luego alguien dice «ayuda» y me tambaleo hacia otra versión de mi historia.

Pero en esta ocasión, ese momento entre páginas no es breve. Es vasto. Es atemporal, una infinidad tenebrosa, como los vacíos entre galaxias. No oigo voces que pidan ayuda, ni destellos de realidades que casi me resultan familiares. No hay nada, a excepción del recio aferrar de unos dedos que noto alrededor de la muñeca y un dolor nada desdeñable.

A ver, la verdad es que no sé si «tengo» un «cuerpo», por lo que tal vez no sea un dolor auténtico. Tal vez esa convicción de que mis órganos se retuercen dentro de mí no sea más que una alucinación horrible. Tal vez todas mis neuronas hayan empezado a gritar a causa de un miedo existencial. O tal vez haya empezado a morirme de nuevo.

Después veo más partes de cuentos que cruzan a mi alrededor, pero no reconozco ninguna de ellas: una gota de sangre que se precipita sobre nieve recién caída; un corazón en una caja, húmedo y arrancado; una joven muerta tumbada en los bosques, pálida como el hueso.

Los dedos me sueltan la muñeca. Las rodillas me chocan contra la piedra fría. Me quedo tumbada bocabajo y siento como si me acabasen de desollar y luego me echaran sal, y me arrepiento de todas las cervezas y de la mayoría de los churros (aunque no de lo que hice con Diego).

Trato de incorporarme de un salto, pero me sale algo parecido a un tambaleo atontado.

—Vale. Tranquila. —Levanto las manos vacías para demostrar que no tengo intención de hacerle daño a nadie. La habitación en la que me encuentro gira sin piedad—. Puedo explicarlo todo, pero si hay una rueca por aquí cerca, no la toques, por favor.

Alguien se ríe. No es una risa amable.

La estancia se estabiliza hasta hacer un ligero traqueteo, y veo que no me encuentro en una torre solitaria. El lugar parece más bien la botica de un videojuego: una habitación pequeña con muchas botellas llenas de líquido y con tapones, así como jarros de cristal y estanterías hasta arriba de libros encuadernados en un cuero resquebrajado. Los mostradores están cubiertos de cuchillos de plata y de morteros. Si el lugar pertenece a un mago, existen ciertos indicios de que no se le puede considerar amistoso: veo una calavera humana amarillenta y cadenas que cuelgan de las paredes.

La mujer del espejo se sienta en una silla de respaldar alto junto a una chimenea, con el mentón alzado y un vestido arremolinado alrededor de los tobillos como si de sangre se tratara. Me mira con una expresión a la que no le encuentro el menor sentido. He conocido a cuarenta y nueve versiones de la Bella Durmiente, y todas y cada una de ellas (las princesas, las guerreras, las brujas y las bailarinas de ballet) se han sorprendido al ver cómo una joven enfermiza vestida con una sudadera con capucha y vaqueros aparecía de repente en mitad de su historia.

Pero la mujer no parece sorprendida. Y la desesperación también ha abandonado su gesto por completo. Parece triunfante, de una manera tan intensa que está a punto de conseguir que vuelva a caerme de rodillas.

Me examina con las cejas alzadas como dos arcos cargados de desdén, y con los labios fruncidos. Es la típica sonrisa absolutamente impropia de la Bella Durmiente: despectiva, lánguida, extrañamente seductora. En algún recoveco de las profundidades de mi mente, una voz que parece la de la bisabuela de Rosa grita: ¡CUIDADO!

Luego la mujer me pregunta, con tono dulce:

—¿Por qué iba a haber una rueca?

Y ese es el momento en el que me doy cuenta de tres cosas, más o menos al mismo tiempo. La primera es que hay un pequeño espejo plateado en la mano izquierda de la mujer, que no parece reflejar la estancia que nos rodea. La segunda es que hay una manzana sobre el mostrador que tiene detrás. Es el tipo de manzana que dibujaría un niño, brillante, redonda y de un rojo envenenado. La tercera es que no hay rueca, ni huso, ni fibra de lino, ni siquiera una aguja de coser por ahí cerca.

En algún lugar muy al fondo de mi mochila, ahogado por las mudas de ropa y las botellas de agua, oigo un silbido tímido y gorjeante parecido al canto desafinado de un sinsonte.

2

Sí. Vale. Debí haberme dado cuenta un poco antes. Pero en mi defensa tengo que decir que mi cerebro acababa de sumergirse en botellas de cerveza Sol, arrastrado por ese espacio liminal entre mundos y luego lanzado a los pies de una mujer alta de pelo sedoso y sonrisa peligrosa.

Además, después de pasar cinco años de aventuras por el multiverso, nunca había conseguido salir de la Bella Durmiente, y creedme que lo había intentado. Había dejado caer mi pelo de las ventanas más altas y comprado manzanas a alguna anciana en el mercadillo. También había ido a bailar hasta que el reloj diese la medianoche y le había pedido a mi padre que me trajese una única rosa de la tienda. Nada de eso había funcionado. Charm empezó a teorizar sobre grupos de realidades relacionadas y a dibujar diagramas que parecían ramas de algún grandioso árbol interestelar. Yo hice como que lo entendía todo, cuando en realidad solo me había quedado con que había algunas reglas que no se podían romper.

Pero ahora me las arreglo para desviar la mirada hacia el espejo plateado que se encuentra en la mano de la mujer. Las reglas han cambiado. Llego a la conclusión de que no tengo ni idea de qué va a pasar ahora. Siento un escalofrío que me recorre la columna y me llega hasta la nuca.

—Tú —digo, y mi voz suena quebrada, pero no a causa del miedo—. No eres una princesa.

El arco perfecto de sus cejas se alza un centímetro más, y me pregunto confundida si se las depilarán en este mundo.

—No, ya no lo soy.

Se toca la marca rosada de la sien izquierda, que de pronto tengo la certeza de que ha sido provocada por el peso de una corona.

—¿Y dónde estoy? —pregunto, aunque la ecuación es muy simple (manzana + espejo + realeza) y solo hay una respuesta. Aquí no hay husos ni hadas, pero apostaría el pulmón izquierdo a que hay siete enanitos que viven en lo más profundo del bosque—. ¿Quién eres?

El gesto triunfante queda en suspenso durante unos segundos en su rostro, como si la pregunta no le hubiera hecho demasiada gracia.

—Puedes llamarme majestad o reina. Y deberías empezar a suplicar clemencia.

He oído un buen puñado de amenazas de villanos, pero ninguna me ha sonado nunca tan sincera. Mi emoción queda un tanto diluida.

—Vale. Genial. Bien, es todo un honor. —Miro hacia la única puerta. Estoy unos metros más cerca que ella—. Seguro que te preguntas cómo he llegado aquí…

El triunfo de antes desaparece de pronto, ahogado bajo un ansia tan fascinante e insaciable que por un momento me olvido de que me hallo en plena tentativa de escapar de esa situación. El sinsonte de mi mochila canta una octava más agudo.

—Y la verdad es que me gustaría contártelo, pero bueno… ¿Hay algún baño por aquí cerca que pueda usar antes de hacerlo?

La reina hace desaparecer esa ansia con una facilidad fruto de la práctica, como si fuese alguien que tira de un perro por la correa. Una parte muy insensata de mí se apena por verla desaparecer. Después dice, con tono educado y ciertamente divertido:

—No. No lo creo.

—Ah. —Deslizo un pie en dirección a la salida—. Al menos, ¿podría beber algo? Tengo una enfermedad, ¿sabes? Es muy misteriosa. —Lo cierto es que la Enfermedad Generalizada de Roseville (EGR) no es tan misteriosa, pero los monarcas del Medievo no suelen estar familiarizados con términos como «amiloidosis» o «daño genético en el útero»—. Me causa mucho dolor y seguramente me acabe matando.

Los únicos síntomas que tengo por el momento son taquicardias y dolor de cabeza, que podrían deberse a la resaca, al miedo o a (sí, lo siento) que estoy un poco cachonda, pero de todos modos me llevo la mano a la frente con gesto dramático.

La reina no parece estar ni remotamente afectada.

—Qué trágico —responde con tono desapasionado. La parte de mí que no está ocupada calculando la distancia que separa mi cuerpo de la salida y las posibilidades de morir en un cuento de hadas que ni siquiera me gusta suelta un «ajá». Veintiséis años de enfermedad terminal me han enseñado a prever y a usar la pena como arma, por muy tedioso y repugnante que pueda sonar, pero el rostro de la reina es la definición misma de la inmisericordia. Sería gratificante si no resultara tan inapropiado.

Doy otro paso y me coloco detrás de una silla.

—Sí, la verdad es que sí lo es. —La reina me mira de una forma que me resulta incómoda y me recuerda a un gato callejero muy flaco con la vista fija en un petirrojo muy estúpido—. Es un cuento triste; te lo podría contar con detalle e incluso con notas al pie si quisieras, majestad.

Cuando pronuncio la última sílaba, empujo con fuerza la silla para tirarla entre las dos y me dirijo a toda prisa hacia la puerta.

Lo consigo. Mis manos rebotan con fuerza contra la madera mientras buscan el pomo…

Pero resulta que está cerrada.

Me quedo mirando la puerta durante un rato, jadeando en el silencio de la estancia.

—Cielo —dice la reina—. Yo te la recojo.

Me giro para ver cómo vuelve a colocar bien la silla con mucho cuidado, cómo ajusta el espejo sobre el escritorio y cómo saca un lazo verde y largo de un gancho. Después se dirige hacia mí con un paso bamboleante y descuidado que me vuelve a recordar al de un gato hambriento…, si los gatos llevasen coronas y vestidos del color de los riñones recién arrancados.

Se detiene cerca de mí; se demora en exceso, y es posible que mis ojos se queden posados durante un momentito muy chiquitito en su clavícula perfecta antes de subir hacia su rostro. Tuerce los labios con un gesto que me indica que se ha dado cuenta.

Después me mira la garganta, y a mi cerebro le resulta inevitable recordar aquella retorcida historia corta de Neil Gaiman en la que Blancanieves es una vampira. Después, para mi desgracia, también recuerdo una clase de la universidad sobre el homoerotismo inherente de la literatura vampírica occidental.

La reina levanta el lazo verde que se interpone entre nosotras. Me da tiempo de pensar dos cosas muy breves y estúpidas («¿Dónde está la llave?» y «Dios, mira que pía fuerte el sinsonte») antes de que pase la otra mano por detrás de mí y me envuelva el cuello con el lazo.

❁ ❁ ❁

Para tratarse de un garrote, tampoco es que sea tan terrible. La reina hace un nudo muy flojo antes de apartarse. Pero en el instante cargado de desesperación que mis manos tardan en llegar hasta mi cuello, el lazo se aprieta alrededor de él con tanta fuerza que soy incapaz de meter los dedos por debajo. Está ceñido con fuerza, me aplasta las venas y me cierra la tráquea. Intento gritar, pero solo soy capaz de emitir un silbido húmedo.

Unas manchas oscuras empiezan a nublarme la visión. La parte de atrás de mi cabeza choca contra la puerta. Se me parte y resquebraja una de las uñas mientras intento sin éxito rasgar el lazo, y luego pienso, muy irritada: «Ya he estado aquí antes». Ya he estado de rodillas en un castillo distante copia de uno de Disney, ahogándome sin remedio. En aquella ocasión fue el beso de una princesa lo que me devolvió a la vida; en esta, estoy frente a una reina que quiere verme morir.

Lo cual me parece una estupidez, porque no tengo intención alguna de morir todavía. Se supone que me quedan años, puede que incluso décadas, y no pienso dejar que me los arrebate la madrastra malvada de alguien. Me abalanzo hacia las piernas de la reina con ese pensamiento fortalecedor en mente, pero resulta que los músculos necesitan oxígeno para funcionar, así que lo único que consigo es caer bocabajo a sus pies.

Oigo un suspiro a lo lejos. Noto unas manos que me agarran por debajo de los brazos y empiezan a arrastrarme por el suelo. Siento el chasquido frío del metal alrededor de las muñecas. Cuando mi visión ha quedado reducida a un único punto de luz y las extremidades se me han quedado tan dormidas que las noto como si fuesen sacos de arena mojada, el lazo desaparece.

Después transcurre un breve lapso de tiempo que consiste en su mayor parte en yo babeándome y ahogándome, y en el ruido desagradable de los vómitos al caer al suelo. Corramos un tupido velo.

✦ ✦ ✦

Cuando recupero la vista, descubro que me han esposado los brazos por encima de la cabeza, lo que resulta muy incómodo, y con la cadena suelta lo suficiente para moverlos pero no para tumbarme o ponerme en pie. La reina se ha puesto a vaciar mi mochila sobre el mostrador con esmero, examinando cada uno de los objetos con poco interés y ordenándolos mediante un método indescriptible que solo ella conoce. Los calcetines y la ropa interior están juntos; y sostiene mi teléfono frente a ella con el brazo extendido, como si analizase su reflejo en el cristal oscuro de la pantalla antes de colocarlo con cuidado junto al cuchillo.

—A ti —empiezo a decir, pero tengo que parar para resollar con brusquedad al pronunciar unas pocas palabras—. Qué. Coño. Te pasa.

La reina no me responde de inmediato. Sostiene el pequeño sinsonte mecánico y lo alza hacia la luz. El ave ha empezado a emitir un trino que solo podrían oír los delfines.

—Ah, estás perfectamente —me asegura sin el más mínimo atisbo de remordimiento—. Supongo que solo fuiste presa de un sueño mágico.

—¿«Solo»? Dios mío, señora. ¿Es que aquí no hay derechos humanos o qué? No te he hecho nada y tú me has…

En esta ocasión me quedo sin aliento a causa de una rabia repentina e incontenible. A veces aún sueño con mi muerte, pero ahora es más un recuerdo que una profecía. Siento los pulmones cubriéndose de proteínas descontroladas, cómo se me debilita el pulso y se me llena la boca de un aire que soy incapaz de respirar. Ya ni siquiera me gusta aguantar la respiración en la piscina o meter la cabeza debajo de las sábanas. Y también odio con toda mi alma que me estrangulen.

Empiezo a coger aire por la nariz y a soltarlo por la boca, como me enseñó el imbécil de mi psicólogo, hasta que soy capaz de espetar un:

—La próxima vez dame un golpe en la cabeza, psicópata de mierda.

—Entendido —responde ella, con voz calmada y mientras continúa examinando el sinsonte. Al terminar, lo tira al suelo y lo aplasta con naturalidad con el tacón. Se oye un crujido tenue y patético, como si acabase de partir varios huesos de los dedos al mismo tiempo. El ave se queda en silencio, un silencio que me provoca escalofríos, hace que se me seque la boca y anula por completo cualquier tipo de impulso homoerótico que pueda sentir hacia esa mujer.

Gira una palanca mientras me mira con gesto serio.

—Ahora, hablemos. Necesito tu ayuda.

Cuesta mucho soltar una carcajada burlona cuando estás esposada a la pared y te miran como si fueses una cerradura que están a punto de forzar o de romper, pero hago todo lo que está en mi mano.

—¿En serio? Porque juraría que acabas de ahorcarme con ese lazo mágico asesino.

—En realidad es el lazo de un corpiño.

—Lo suponía.

Puede que no conozca tan bien este cuento como el de la Bella Durmiente, pero sigo teniendo una licenciatura en Folclore y toda una obsesión por los hermanos Grimm. En la versión que escribieron ellos, llamada Schneewittchen o Schneeweßchen dependiendo de la edición, la madrastra malvada intentaba matar a Blancanieves con un peine envenenado y el lazo de un corpiño antes de usar la manzana, armas asesinas lo bastante extrañas como para que mi profesora favorita escribiese un artículo académico al respecto («Espejito, espejito: La relación entre la vanidad y la villanía en la imaginación occidental»). Si la doctora Bastille estuviese aquí, probablemente se hubiese puesto a preguntarle a la reina si su elección de herramientas se debía a una recuperación sublimada del monopolio masculino de la violencia, pero lo único que se me ocurre es darle un buen puñetazo en la cara. Y preguntarme cómo voy a escapar. Y también si tengo la más mínima posibilidad de hacerme con ese espejo.

La reina contempla el gesto resentido e iracundo de mi boca y después suspira y arrastra la silla hasta colocarse frente a mí. Se sienta, con ese vestido del color de los riñones que le cae a la perfección sobre los pies, y el rostro agotado debajo del maquillaje.

—Por favor, tienes que entender que haría lo que fuese con tal de conseguir lo que necesito. —Su mirada cargada de sinceridad resulta muy preocupante—. Nadie va a interrumpirme. Y nadie va a salvarte.

Habla con un acento que recalca un poco las erres y de forma muy informal, características que no se parecen en nada a ese vagamente británico de gramática sospechosa con el que hablaba Prímula. Me pregunto si Charm habrá conseguido al fin que deje del todo el voseo, pero luego dejo de preguntarme nada al momento, porque pensar en Charm es como pensar en una extremidad amputada.

—Y la verdad es que tampoco te estoy pidiendo un gran favor —continúa la reina—. Solo necesito saber cómo lo haces.

Frunzo los labios y pregunto con desprecio:

—¿Cómo hago el qué?

Pero solo hay una cosa que podría querer de mí, por muy poco probable que parezca. El ansia ha regresado a sus ojos, y noto unos escalofríos profundos y repentinos cuando reparo en que se trata de un ansia que he visto antes: mirándome desde todos los espejos en los que me reflejaba cuando tuve la edad suficiente para comprender lo que me pasaba.

—Quiero saber cómo haces para salir —espeta, y por primera vez su voz hace gala de algo que no es solo una calma perfecta—. Quiero saber cómo has abandonado tu mundo para ir a otro.

Un silencio que dura un latido. Otro, mientras sus ojos se posan en los míos, y mi cerebro solo es capaz de producir una ristra de signos de interrogación producto del pánico (¿?¿?¿?¿?¿?). Hago todo lo posible por no mirar su espejo.

—Dime —insiste, con un tono autoritario que casi no es capaz de reprimir.

Siento que todas mis posibilidades de escapar de allí, todas las uñas y los dientes empiezan a caer en picado.

Trago saliva con fuerza y digo:

—Lo siento. No sé a qué te refieres.

He visto suficientes películas de Marvel como para saber que no está muy bien visto darle al que sin duda es el villano la clave para viajar por el multiverso. No tengo muy claro qué podría hacer con la capacidad de teletransportarse a otras versiones de Blancanieves, pero dudo que sea algo bueno. Además, mira, que le den por culo.

La reina se pone muy seria. Agarra mi mochila muy del siglo XXI por una correa deshilachada, y arquea un poco las cejas.

—Ah, eso. Me lo dio un mago en un reino muy lejano. Si quieres, te puedo dibujar un mapa, en caso de que quieras hablar con él.

Solo necesitaba que me quitase los grilletes durante dos minutos para pincharme el dedo y salir de allí cagando leches, a poder ser con ese espejo mágico debajo del brazo. Me gustaría saber de dónde había salido y cómo la reina había descubierto que existían múltiples realidades, y también por qué tenía esa mirada tan ansiosa y tan familiar, pero creo que no merecía la pena quedarme por allí para descubrirlo.

—No soy imbécil —dice en voz baja.

—Vale, sí. ¡Me has pillado! Soy de otro mundo. Pero… si quieres que te sea sincera… —agito las cadenas frente a ella— no veo razón para contarte una mierda, la verdad.

La reina se levanta de la silla con gesto demudado. El aire y la oscuridad parecen acumularse a su alrededor como si de una tormenta con forma de persona se tratase.

—Te daré una buena razón: si no lo haces, pedazo de gusana reptante, piojo miserable, les daré de comer tu corazón aún palpitante a las aves carroñeras. Tallaré cuchillos con tus huesos y luego los usaré para desollar la grasa de tu cuerpo mientras aún respiras. —Hace una pausa, quizá para apreciar la aliteración sibilante de la S en la última frase—. Contempla a la reina.

En esa última frase no hay vocales sibilantes, pero de todos modos consigue sisear las palabras.

Separo los labios de los dientes mientras alzo la vista para mirarla, temerosa, pero lo bastante enfadada como para disimularlo.

—Venga ya. Solo eres la mala. La villana, la madrastra malvada. No eres más que la Bruja Mala del Este, tía.

Ella abre la boca, pero no me puedo resistir a interrumpirla.

—Ahora mírame a la cara y dime que me equivoco. ¡Venga! ¡Dime que me equivoco!

Al menos, Charm estaría orgullosa si esas fuesen mis últimas palabras.

Comprendo que la reina se encuentra al borde de un precipicio imaginario, puede que para decidir entre usar los aplastapulgares o los alicates. Pero, en lugar de eso, consigue mantener a raya el enfado. Es como ver a una mujer meter un colchón entero dentro de la funda de una almohada. Se acerca a una estantería a rebosar de libros y pregunta:

—¿Cómo te llamas?

—Zinnia Gray. De Ohio.

Coge un tomo fino de lomo rojo y reluciente que no pega nada con los colores melancólicos de su estudio.

—¿No vas a preguntarme mi nombre, Zinnia Gray? ¿O acaso no te han enseñado nada de educación en Ohio?

—Claro. Seguro que aquí es costumbre encadenar a los invitados a la pared. —Examina mi rostro con una paciencia finita mientras tamborilea con una uña en el libro. Al final suelto un suspiro—. Vale. ¿Cómo te llamas?

Me resulta ofensivo comprobar que no responde. Vuelve a acercarse a mí, en pie mientras hojea las páginas del tomo. Extiendo el cuello hacia arriba, con la esperanza de encontrarme con un libro lleno de maldiciones, venenos o algo estampado en plata sobre el cuero seco de las páginas, pero la cubierta es poco más que una tela roja y algo arañada. Tiene una cinta marcapáginas hecha jirones pegada al lomo y una mancha violeta en la contraportada. También hay algo me resulta muy familiar. Inquietantemente familiar. Algo tan familiar que mi cerebro se niega a procesarlo porque no tendría sentido, como ver a tu profesor de primaria en el supermercado.

Soy incapaz de leer el título, porque está bocabajo y al revés, pero no me hace falta porque ya sé lo que dice. Ese libro, una copia exacta de ese libro, con esa cinta hecha jirones y la mancha de zumo de uva en la contraportada, ha estado en el estante que hay junto a mi cama desde mi sexto cumpleaños. Es la reimpresión de 1995 de *Cuentos de la infancia y del hogar* de los hermanos Grimm, con las ilustraciones originales de Arthur Rackham de 1909.

Y hasta aquí hemos llegado. Me he dejado arrastrar a una historia que no me pertenece para que me torture, me encadene y me interrogue una reina, pero ver a una villana de cuento de hadas sosteniendo mi libro favorito de la infancia parece ser lo que hace que pierda la suspensión de la incredulidad, lo que hace que dibuje una puñetera línea recta en la arena y piense: «Ni de coña».

Pero el libro se empeña en existir, crea en él o no, sólido y rojo en los dedos blancos de la reina. Encuentra la página que estaba buscando y luego le da la vuelta al libro antes de arrodillarse frente a mí. Es una ilustración a todo color de una chica durmiente con la piel del color del chicle mascado y siete hombrecillos reunidos a su alrededor. La página siguiente contiene mucho texto, y tiene un título en una tipografía con florituras que parece victoriana pero no lo es: «La pequeña Blancanieves».

26

—Tenías razón, por supuesto —reconoce la reina con naturalidad—. Yo soy la villana, la madrastra, la bruja malvada, la reina mala. —Tiene el rostro retorcido a causa de una aflicción rebosante de rabia, con los labios fruncidos y algo demasiado funesto para considerarse mal humor. Se inclina hacia mí y se coloca tan cerca que siento el calor de su mejilla contra la mía, el suave roce de sus cabellos mientras me susurra—: No tengo nombre.

3

La reina se aleja de mí despacio. Luego me mira a los ojos durante un instante que me resulta tenso y demasiado prolongado, con gesto furioso pero los ojos cargados del dolor e impotencia, propios de alguien que sabe cómo termina su cuento y que no puede cambiarlo. En esa mirada veo, o me parece ver, el brillo tenue de unas lágrimas de rabia, justo antes de que se dé la vuelta para marcharse. La puerta retumba cuando sale, y me acuerdo de exhalar el aire por primera vez en demasiados minutos. Sospecho que me habría sentido así aunque la reina no me hubiera amenazado con arrancarme el corazón. Tiene ese tipo de presencia: una intensidad que hace que el aire se condense a su alrededor.

Apoyo la cabeza con brusquedad en la pared y me obligo a aclararme las ideas. Por suerte, o por desgracia, a estas alturas ya he estado en tantas situaciones peligrosas que no me permito perder el tiempo cediendo al pánico, ni arrepintiéndome de mis decisiones vitales, ni tampoco gritando JODERJODERJODER, así en mayúsculas. Para ello, he conseguido desarrollar un sistema muy sencillo.

ALIX E. HARROW

El primer paso, que lo mismo vale para controlar ataques de pánico que para escapar de una mazmorra, es confeccionar una lista de los recursos físicos con los que cuentas. Tengo un libro de cuentos de hadas que no debería existir en este plano narrativo, un fragmento de huso guardado en el bolsillo trasero, dos pasadores metidos en el calzado y un número finito de horas antes de que regrese la reina.

El segundo paso es pergeñar un plan. La elección más obvia sería sacar como pudiese la astilla de los vaqueros, pincharme el dedo y volver a lanzarme al multiverso de la Bella Durmiente. Pero también podría usar el pasador para abrir la cerradura de los grilletes. (¡Que no se ría nadie! Cuando reparé en la cantidad de reyes y hadas que me encerraban en mazmorras o esposaban a instrumentos de tortura, o lo que fuera, me pasé un montón de horas viendo vídeos de YouTube. He conseguido un porcentaje de éxito de un cincuenta por ciento en el mundo real, pero también sé que las cerraduras de los cuentos de hadas tienden a abrirse al primer indicio de voluntad narrativa.)

El tercer paso es ponerse las pilas. Titubeo durante una fracción de segundo antes de sacar los pasadores en lugar de la astilla. En parte porque meter la mano en el bolsillo trasero requeriría unas contorsiones muy incómodas. Llegar al tobillo no me supone el menor esfuerzo, y además tengo mucha curiosidad. No por la reina, a pesar de esos ojos ansiosos, el pelo sedoso y la manera en la que me mira, como si se tratara de algo vital y desesperadamente necesario para su supervivencia. Tengo curiosidad por todo lo demás.

Agito el pasador en la cerradura mientras me preparo una lista de preguntas, entre las que incluyo las siguientes y otras más. ¿Cómo es que he aparecido en Blancanieves? ¿Cómo es que mi libro de la infancia está en un universo alternativo? ¿Lo ha robado la reina o apareció por arte de magia? ¿Ese espejo es una especie de palantir o de orbe de sabiduría que me permitiría ver otros mundos? Si lo robo, ¿podré escapar de mi cuento para siempre? Ah, y posdata: ¿mis saltos fortuitos entre mundos tienen efectos aciagos e imprevisibles para la integridad narrativa del multiverso?

Soy incapaz de no imaginarme las diapositivas que Charm prepararía para la ocasión: «¿Le está pasando algo chungo al multiverso? Diez teorías improbables». O quizá. «Te pone un poco cachonda la villana, ¿no? Nos pasa a todas, pero no es el momento, tía».

Pero Charm había dejado de responder a mis mensajes hacía seis meses, sin venir a cuento prácticamente. El último mensaje que tenía de ella consistía en dos párrafos grandes tras los que me llamaba «amiga de mierda» e «imbécil irresponsable», entre otras muchas lindezas. Y seguro que Prímula opinaba lo mismo.

Los grilletes se abren justo cuando tengo las muñecas llenas de sangre y los tendones muy tensos. Me froto los dedos dormidos, vuelvo a meter las cosas en la mochila y coloco el espejo con mucho cuidado encima de todo lo demás. Tiene una superficie del todo normal, pero parece más pesado de lo que deberían ser el cristal y la plata.

La puerta no está cerrada, lo que significa que la reina me ha subestimado, al fin y al cabo. Siento una decepción bochornosa y pasajera.

Cuando he dado tres pasos por el pasillo, siento que una mano muy pesada cae sobre mi hombro, y una voz muy alegre dice:

—Perdón, señorita.

Hay un hombre justo por fuera del taller. Está dotado de una belleza genérica y simplista, como la de los más pequeños de los hermanos Hemsworth y, a juzgar por sus callos y por su ropa, me imagino que es carpintero o, ¡ajá!, el cazador.

Levanto el mentón hasta alcanzar un ángulo aristocrático.

—¡Suélteme, señor! Soy la dama Zinnia de Ohio y la reina me ha invitado a…

Pero él niega con la cabeza, muy serio.

—Lo siento, señorita. Tiene que volver a entrar.

Me tira del hombro con educación, como si fuera una mascota que ha escapado de su jaula.

—Te equivocas.

Pongo un tono de voz estridente y desdeñoso, pero ya he metido la mano en el bolsillo trasero.

—Su majestad ha dicho que si veo a una flaca inútil con pantalones de hombre, no la deje escapar…

El cazador se detiene porque he acercado a su cuello la mano con la astilla afilada entre los nudillos. Me agarra por la muñeca con una mano que tiene más o menos la forma y el tamaño de un guante de béisbol. Después me tira del brazo y me cruje todos los huesos mientras la astilla cae entre mis dedos lánguidos.

Acto seguido vuelve a negar con la cabeza y chasquea la lengua mientras recoge la astilla.

—Tonterías, las justas. Su majestad también me dijo que, si me daba algún problema, tenía permiso para desollarla con el látigo y atarla de pies y manos mientras la espera.

Intento zafarme de su agarre, pero tengo la fuerza de una muñeca de papel en la parte superior del cuerpo. Ni siquiera estoy segura de que el cazador se haya dado cuenta.

—Eso… De acuerdo, de acuerdo. No hay por qué llegar a esos extremos. —Me tranquilizo para luego batir las pestañas y dejar que me tiemble el labio—. Por favor, señor. No me haga daño.

El lugar parece una reinvención muy tradicional de Blancanieves, lo que significa que el cazador es un gigantón blandengue a quien no le ha temblado el pulso a la hora de desobedecer a su reina.

Parece muy compungido, como un niño bueno que se planteara quebrantar el toque de queda.

—Bueno, vamos a dejarla encerrada y ya está. No le diremos nada.

Se pasa un dedo por la nariz con aire cómplice. Creía que, en la vida real, nadie hacía esas cosas.

—No, eso no…

Pero es demasiado tarde. Me vuelve a tirar dentro del taller de la reina y vuelve a colocarme los grilletes en las muñecas. Seguro que no es tan estúpido como parece (y la verdad es que no parece tener muchas luces), porque me cachea y me quita los pasadores, y después deja la mochila fuera de mi alcance. A continuación me da unas palmaditas en la cabeza mientras se marcha, y solo hace una pausa para lanzar algo a la chimenea. Una cerilla, tal vez. O una astilla de madera alargada.

Y luego me quedo sola, con las cenizas de mi huso como única compañía, con preguntas que no puedo responder y con la certeza impasible y reconfortante de que la reina no me había subestimado.

❄ ❄ ❄

Cabría pensar que nadie puede dormirse con las manos atadas por encima de la cabeza y el cuello en un ángulo incómodo, pero aquí estoy yo para demostrar lo contrario.

Me despierto al cabo de unas horas y observo que la luz se proyecta inclinada, larga y pesada, por la ventana. La reina vuelve a estar sentada en su silla. Trastea con algo que tiene sobre el regazo, y su rostro presenta un aspecto diferente en ausencia de esas ansias o de ese odio. Más joven, más amable.

Intento mover los dedos y suelto un leve resuello de dolor.

Ella no alza la vista.

—Buenos días. O, mejor dicho, buenas noches. —Doy por he-

cho que se ha puesto en modo poli bueno. Sostiene un pequeño objeto dorado que alza hasta la luz antes de dejarlo con suavidad en el suelo junto a mí. Es mi sinsonte, abollado y destrozado, pero entero una vez más—. Es un dispositivo muy ingenioso. Me llevó toda la tarde arreglarlo.

Había conseguido el sinsonte gracias a un artesano de duodécimo nivel en una versión *steampunk* de la Bella Durmiente. Dudo que una bruja medieval tan irritable haya sido capaz de repararlo. Intento lanzar una sonrisa desdeñosa, pero se me agrietan los labios y empiezan a sangrar.

—Si lo has arreglado, ¿cómo es que no lo oigo piar?

—Porque no pretendo hacerte ningún daño.

Resoplo con la más pura incredulidad, y los ojos de la reina relucen debajo de sus pestañas. Se mueve. Veo un brillo plateado, noto una corriente de aire, y luego una punta retorcida se posa contra la piel desnuda de encima de mi clavícula. El pajarillo empieza a piar con estridencia, menos melódico que antes incluso. Al parecer, sí que lo ha arreglado. En vista de las circunstancias, y ahora que tengo esa daga pegada al cuello, mi capacidad para mostrar admiración se ha visto notablemente socavada.

La reina asciende por mi cuello con la punta de la daga, me acaricia con ella la yugular, y luego aprieta de una manera harto incómoda la carne que tengo debajo de la mandíbula. Levanto el mentón, a regañadientes. Desdeñosa y desafiante, me fulmina con la mirada.

—Te aseguro que sabrás el momento en el que tu vida está en peligro.

Le devuelvo la mirada seria, sin titubear y nada impresionada deliberadamente, hasta que la reina aprieta los dientes. Se reclina en el asiento con un ligero «mmm» y vuelve a guardar la daga entre la tela roja de su vestido. El sinsonte trina y luego guarda silencio otra vez.

—Esperaba que pudiésemos empezar de cero, tú y yo —dice la reina, con una dulzura que está reñida con los músculos apretados de la mandíbula—. Venga.

Se pone en pie con gracilidad y abre mis grilletes con una llave. Los brazos me caen lánguidos al suelo, con los dedos hinchados e inútiles, como pececillos que se han quedado panza arriba dentro de un cubo.

La reina espera a que me frote las extremidades con torpeza mientras ella se acomoda junto al fuego. Veo otra silla frente a ella y, entre ambas, una mesa pequeña hasta arriba de comida.

—Acércate. Sírvete lo que quieras.

Me gustaría dármelas de orgullosa y ponerme en plan heroína, pero llevo un día entero sin probar bocado y no voy a conseguir nada con estos brazos flácidos como peces muertos. Me tambaleo hasta la silla y agarro como buenamente puedo una jarra de peltre. Una no se da cuenta de lo bien que sabe el agua hasta que pasas un día entero de resaca y encadenada a una pared.

La reina espera hasta que me he bebido una jarra entera y comido tres panecillos, y luego dice:

—Permíteme que te deje bien claro cuál es tu situación. —Usa un tono muy serio y lo dice con gesto contrito. Sin duda ha reparado en que la miro más de la cuenta (no puedo evitarlo), porque se ha arreglado el maquillaje con esmero y se ha apretado bien los nudos del vestido, tanto que los pechos le sobresalen aún más por arriba. Me pregunto si fue así como llegó a seducir al pobre padre de Blancanieves para luego arrebatarle el reino, y si sabe siquiera quién es cuando no está haciendo las veces de villana sedienta de sangre o mujer indefensa—. Soy una extranjera y una viuda, y solo dispongo de un trono para protegerme. Pero ahora sé que perderé dicho trono, y también mi vida. Y yo... —Coloca una mano en lo que me avergüenza describir como unos «pechos que no dejan de agitarse»—. Necesito tu ayuda, Zinnia Gray.

Hago caso omiso de las manzanas de la bandeja y extiendo el brazo para coger un cuarto panecillo.

—Te repito que, si quieres mi ayuda, lo de los grilletes no es una buena forma de empezar.

Otro ligero atisbo de irritación en su mirada, pero sigue hablando con voz afligida.

—Un error causado por una gran necesidad. Lo siento.

Me saco el pedazo de pan de entre las muelas.

—Hablando de ese espejo tuyo, por cierto, ¿para qué sirve?

Casi oigo el rechinar de sus dientes.

—Muestra la verdad.

—¿Y dónde lo encontraste?

Lo pregunto con naturalidad, sin apartar la vista de su cara.

—No lo encontré. Lo creé yo. Una mujer de mi posición social tiene que conocer la verdad en todo momento.

Oigo un ligero acceso de orgullo en su voz. Hago un recuento mental de objetos mágicos: peine, lazo del corpiño, manzana envenenada, espejo, mi sinsonte... Decido creerla. Es una pena que use su más que considerable habilidad para el homicidio.

—Genial —digo—. ¿Y me vas a devolver ya la mochila? —La sospecha se ilumina en su gesto. Pongo ambas manos con las palmas hacia arriba—. Lo digo en serio. Tengo que tomarme mis medicinas..., o mi poción mágica, o como quieras llamarlo, dos veces al día. Por lo de la enfermedad terminal que te comenté, ¿recuerdas?

—¿No era una treta?

—Bueno, se podría decir que sí. —Igual que lo que estoy haciendo ahora—. Pero también era cierto. Ahora dame mis cosas a menos que quieras que acabe muerta en los próximos veinte minutos. —Eso sí que es una trola, claro. Ahora hay veces en las que me olvido de tomarme las medicinas durante una semana seguida, para luego recuperar la costumbre como la gente que vuelve a comprar complejos multivitamínicos con cargos de conciencia. La verdad es que es raro, sobre todo después de vivir durante tanto tiempo con un régimen muy estricto de medicamentos y citas médicas, inyecciones y radiografías. Yo antes tenía un aspecto enfermizo tan evidente y visible que los padres que me veían en el supermercado apartaban la mirada, como si mi mera existencia fuese un mal augurio. Pero ahora puedo dar el pego como una persona sana que porta la EGR como un oscuro secreto, una mala semilla en mi vientre. Es casi un alivio decir algo así, aunque sea mentira en su mayor parte.

Chasqueo los dedos y la reina aprieta los labios (Dios, cómo me gusta mangonear a la realeza), pero luego coge mi mochila y me la tira en el regazo. Hago como que rebusco entre las bolsas de cierre hermético y las cajas de plástico etiquetadas con los días de la semana, con el objetivo de meter más al fondo de la mochila el espejo sin que se dé cuenta.

La reina me ve contar comprimidos en la palma de la mano.

—¿En qué consiste… esa enfermedad?

Me trago los esteroides y anticoagulantes.

—¿Te has leído ese libro de cuentos de hadas entero?

Un regio asentimiento.

Hago un gesto de «ta-chán» en dirección a mi pecho.

—Tienes delante a la protagonista de una versión lúgubre de un cuento tipo 410 según la clasificación Aarne-Thompson. —Se me agria un poco la sonrisa—. La pequeña Rosa.

—¿La… protagonista?

—El personaje principal. En «La pequeña Rosa», Rosa es la protagonista.

La reina suelta un «ah», como si lo hubiese entendido. Después une las puntas de los dedos de ambas manos y dice, con delicadeza:

—En ese caso, me imagino que tendrás cierta afinidad con la situación en la que me encuentro...

La interrumpo.

—El libro. ¿De dónde lo has sacado?

Está visiblemente irritada y la inocencia que fingía empieza a resquebrajarse, pero aún habla con voz contenida.

—Apareció hace tres días en mi estante.

—¡Ni de broma!

Baja el ceño varios centímetros, en un gesto de ofensa o de preocupación.

—Y no es la única extraña aparición de los últimos meses. La cocinera encontró un huevo dorado en el vientre de un ganso que sacrificó para la cena. Y anoche el cazador dijo que se había topado con un lobo en el bosque.

—Bueno, en el bosque hay lobos, ¿no?

—Pero... —La reina parecía irritada—. Este hablaba.

—Ajá.

¿Acaso estoy en una especie de popurrí de cuentos de hadas? ¿Estará a punto de aparecer Chris Pine para ponerse a cantar *Sondheim* con un acento un tanto confuso?

La reina recupera la compostura y pone el gesto de una mujer determinada a hacerse con las riendas de la conversación.

—A la gente no le gustan las cosas extrañas. Los huevos dorados, los lobos que hablan... Cree que son malos augurios, como presagios. Como actos de brujería. —Algo le reluce en los ojos—. No tardarán en querer quemar a una bruja.

Finjo que echo un vistazo por la estancia, con sus calaveras y sus morteros y sus cosas desagradables que flotan dentro de tarros.

—No creo que les cueste mucho encontrar a una.

Me mira muy seria.

—Puede ser. Y si ese libro dice la verdad, la gente conseguirá exactamente lo que quiere. Y por ese motivo quiero escapar.

A decir verdad, yo también quiero. He pasado la mayor parte de mi vida evitando el tercer acto de mi cuento, y el resto tratando de salvar a otras bellas durmientes de los suyos. Sé muy bien lo que se siente al recordar que te diriges sin remedio hacia un final terrible.

La diferencia es lo que la doctora Bastille consideraría una cuestión de «voluntad». Uno las puntas de los dedos.

—O, y sé que esto no va a ser fácil para ti, podrías dejar de intentar asesinar a tu hijastra. Le ahorrarías mucho dolor a todo el mundo.

El gesto de la reina se pone más serio aún, con los labios apretados formando una línea roja y funesta.

—Ah, ya veo —digo—. El pájaro ya ha abandonado el nido. ¿Cuánto tiempo lleva Blancanieves dentro del ataúd de cristal?

Los labios se mueven a regañadientes.

—Mucho tiempo.

—Mierda.

Espeto la palabra con la misma crueldad con la que ella me mira a mí.

No parece encontrarla tan halagadora como yo, porque dice con voz neutra y brusca:

—¿Y sabes cómo termina mi cuento?

Decido no explicarle nada sobre instituciones de educación superior, ni sobre el departamento de folclore.

—Blancanieves se casa con el príncipe, que se enamora de una niña muerta en el bosque. A ver, mi cuento es asqueroso, pero la verdad es que el tuyo es el doble o incluso el triple de asqueroso. Y luego viven felices y comen perdices.

—Me refería a mi cuento. —Tuerce los labios en una expresión que apenas se puede relacionar con una sonrisa, y su voz adquiere el ritmo forzado de la recitación—. «Y entonces metieron unos zapatos de hierro en unas brasas ardientes…»

—No tienes por qué…

—«Los acercaron con unas tenazas y los colocaron frente a ella. Después la obligaron a ponerse los zapatos al rojo vivo y a bailar con ellos hasta caer muerta.»

Se me queda mirando muy seria al terminar. Las arrugas a ambos lados de la boca parecen un par de paréntesis funestos.

Yo le devuelvo la mirada e intento que no se me note el asco que me da.

—Sí. Está claro que al populacho alemán le gustaba dar buenos merecidos.

O, al menos, a los hermanos Grimm. Hay otros muchos cuentos de las regiones rurales europeas de la época, más extraños, más oscuros, más raros y más eróticos, pero los hermanos Grimm no eran antropólogos. Eran nacionalistas que trataban de crear una tradición organizada y moderna con los restos asilvestrados del folclore.

—¿Y crees que a eso se le puede llamar justicia, que tendría que morir bailando con unos zapatos al rojo vivo?

A la reina le tiembla un poco la voz y aferra los reposabrazos de madera de la silla con los dedos.

—No, no he dicho eso. No estoy a favor de la pena de muerte. Mi madre pertenece al movimiento por la abolición de las prisiones. —Hoy en día está metida en todo tipo de activismo, como si toda la energía que había reservado para odiar a Big Energy por lo que me ocurrió se hubiese redistribuido al resto de supervillanos modernos—. Pero esto me suena a lo de que «el que a hierro mata a hierro muere», ¿no?

La reina se me queda mirando con cara de asesina durante unos instantes y luego cierra los ojos.

—Ayúdame.

Nunca había oído un susurro que sonase tan imperioso.

—Si yo estuviese suplicando por mi vida, añadiría unos signos de interrogación y un «por favor», la verdad.

Mantuvo los ojos cerrados con fuerza, como si temiese estrangularme si me miraba a la cara.

—Ayúdame, por favor.

Mejor, pero no había conseguido lo de los signos de interrogación.

Me incliné hacia delante por encima de la mesa e hice una pausa larga y despiadada antes de responder:

—Paso.

La reina abrió los ojos al momento. Tenía la cara tan pálida que los labios destacaban de un color saturado, irreal incluso.

—¿Por qué?

—¡Porque me niego a dejar a una reina malvada suelta en el

multiverso! Porque ahora mismo, en algún lugar del bosque, hay una joven sumida en un sueño mágico solo porque fue objeto de tu malicia, de tu vanidad. —Soy consciente de que ya no sueno nada tranquila y mi voz tiembla a causa de la crítica sincera, pero soy incapaz de parar—. No se lo merece. Merece crecer, conocer a un tipo normal y vivir una vida normal. Vivir sin más...

Me muerdo los carrillos con fuerza, pero ya es demasiado tarde. Los ojos de la reina supuran rabia y me dedica una sonrisa tenue y roja.

—Oh, pequeña Rosa. Sientes pena por ella. La pobre Blancanieves, tan guapa y tan pura. —Niega con la cabeza con un gesto de fingida aflicción—. Crees que este es su cuento.

La reina se inclina hacia mí por encima de la mesa, con los labios separados de los dientes.

—No sabes nada, Zinnia Gray de Ohio.

Empiezan a oírse las primeras notas inciertas del sinsonte, y yo me preparo para volcar la bandeja de comida sobre ella y salir corriendo, pero justo en ese momento alguien toca a la puerta.

La voz del cazador resuena nítida y animada.

—Mi reina, ha llegado un mensajero de allende nuestras fronteras. ¡La han invitado a una boda real esta misma noche!

❀ ❀ ❀

La estancia se queda en silencio, a excepción del ruido de la respiración acelerada de la reina, del latir del pulso en su cuello. Las dos nos quedamos sentadas, como si formásemos parte de un estatuario singular, hasta que el cazador insiste, titubeante:

—¿Mi reina?

Ella emite un rechinar brusco y breve cuando traga saliva.

—Una boda —repite.

—Sí, majestad. ¡Esta noche! —Está claro que al cazador le gustan los signos de exclamación—. ¿Quiere que le haga saber al mensajero de su respuesta a la invitación?

—Aún... no.

La reina está cada vez más pálida; languidece frente a mis ojos.

De pronto me parece mucho más joven, y por primera vez reparo en que toda reina fue antes una princesa.

—Oh. —Se oyen unos arañazos desde detrás de la puerta, como si un hombre muy grande hubiese empezado a arrastrar los pies—. Es que la está esperando en el gran salón y ha traído a muchos guardias para escoltarla...

La reina consigue hacer acopio de la majestuosidad suficiente como para decir con tono firme:

—Ofréceles comida y bebida mientras me preparo.

—Sí, majestad.

Al comprobar que no se oyen pasos alejándose al otro lado de la puerta, añade:

—Eso será todo, Berthold.

—Sí, majestad.

Y el cazador se retira con diligencia por el pasillo.

La reina sigue sin moverse. Tiene la piel del blanco grisáceo de la nieve caída la semana anterior, o de una dentadura postiza barata. Podría incluso confundirse con la protagonista de esta historia, si no fuera por la corona de frío metal que le cubre la frente. Y yo podría sentir pena por ella, si no hubiese envenenado a una niña ni me hubiese encadenado a una pared.

—Así que Berthold... —Me reclino en la silla, con las piernas cruzadas y arqueando las cejas—. Parece todo un lumbreras.

Ella responde con voz ausente, mientras encoge un único hombro.

—Me es útil.

—Ah, es por eso, ¿no?

Me hago la tontita adrede, quizá para intentar provocarla y que deje de sentir ese pánico paralizante, pero su expresión apenas cambia.

—¿Tienes idea de lo difícil que es encontrar un amante que no tenga el ojo puesto en el trono? Él era... —frunce los labios, y soy incapaz de averiguar si desprecia más al cazador o a sí misma— amable.

No le veo mucha utilidad a recordarle que él la ha traicionado y ha dejado viva a Blancanieves, por lo que no digo nada.

La reina recupera por fin la compostura, parpadea dos veces y suelta el aire con brusquedad. Si fuese un caballero, me la imagino bajándose el protector del yelmo, pero como es una reina mala se limita a enderezarse y a dirigirse a su mesa de trabajo.

Luego tarda apenas un instante en darse la vuelta y mirarme.

—¿Dónde está? ¿Qué has hecho con él?

Después le sigue un breve diálogo entre susurros, con el que intento, sin suerte, evadir sus acusaciones. («¿Dónde está el qué?» «Ya sabes el qué, pedazo de pústula ratera.» «Relaja la raja, lo tengo en la mochila.» «¿Que relaje el qué?») Y luego la veo agarrar con fuerza el marco ajado del espejo mientras le susurra. No entiendo lo que dice, pero no me hace falta. Puede que esté en el alemán original o quizá sea una de las traducciones del cuento de los hermanos Grimm: «Espejito espejito, dime una cosa, ¿quién es en este reino la más hermosa?».

En los cuentos de la Bella Durmiente, he llegado a reconocer ciertos momentos que se podría decir que tienen una resonancia, de esos que podrían llegar a considerarse temas recurrentes o acontecimientos importantes que se repiten. Son partes de la historia que se han contado tantas veces que hacen que la página se desgaste: la maldición del bautismo, lo de pincharse el dedo, el sueño interminable, el beso. Casi puedes sentir que la realidad se debilita a tu alrededor cuando ocurren esas cosas.

Y es justo eso lo que siento ahora, mientras la madrastra malvada le susurra al espejo.

No sé lo que ve reflejado en él, pero veo cómo se le mueve la garganta al tragar saliva y decir:

—Es demasiado tarde.

—Sí. —Tuerzo el gesto y hablo con los dientes apretados—. Te recomiendo que rechaces la invitación.

La verdad es que nunca le encontré demasiado sentido a que la reina malvada asistiera a la boda de Blancanieves.

Me dedica una mirada mordaz.

—¿De verdad crees que tengo elección? ¿Crees que todos esos hombres que ha enviado son una guardia de honor?

Me revuelvo en mi asiento, y consigo aplastar al pequeño gusano de conmiseración que había empezado a retorcerse por mis entrañas.

—Pues haz alguna de esas cosas de brujas. Disfrázate. Anuda las sábanas y desciende por la ventana. Huye.

—Con ello solo lograría ganar unos días, puede que semanas. E incluso si me alejo lo suficiente de ella, ¿qué voy a hacer? ¿Ocultarme en una casita en el bosque hasta que me pudra?

La compasión desaparece por completo.

—Ah, pero eso es lo que hizo Blancanieves, ¿no? Para escapar de ti.

Entorna los ojos hasta que forman unas hendiduras de las que supura rabia. Dice:

—Tengo. Que. Escapar. De. Aquí.

Con puntos entre cada una de las palabras.

—Eso es lo que acabo de decir.

Pero sé que ella no se refiere a eso. Extiendo el brazo, sin disimular demasiado, hacia las correas de mi mochila.

La reina se dirige hacia mí, con el espejo aún aferrado a una de sus manos y mientras el ambiente se condensa a su alrededor. Unos cabellos sueltos se alzan como movidos por una brisa invisible, se entrelazan, como ramas oscuras que ocultasen la luna impasible que es su rostro.

—Me vas a decir cómo lo haces.

En esta ocasión no es una pregunta, ni una orden. Es una promesa.

Sí, me resulta muy emocionante haber llegado a un cuento de hadas diferente y sentir por primera vez la posibilidad de desviarme del deprimente camino al que estoy destinada, pero ha llegado el momento de marcharme. Me levanto de la silla con torpeza, camino hacia atrás y paso la mano que me queda libre por las estanterías en busca de algo afilado. Una daga, una astilla, un diente, una esquirla de hueso. No hay nada.

La reina está cada vez más cerca. Extiende la mano hacia el cuello de mi camisa, lo agarra y luego lo retuerce con el puño cerrado para tirar de mí hacia ella. Veo los huesos de su cara debajo de las cremas y los cosméticos, la rigidez de sus labios.

Y no tengo huso, ni torres, ni rosas, ni hadas, ni príncipes azules, pero sí que tengo una monarca lo bastante cerca como para darle un beso. Debería bastar.

Enderezo la espalda y levanto el mentón, temeraria. Y, Dios, tengo que ponerme de puntillas para cubrir los últimos centímetros que nos separan, algo que es vergonzoso y también vergonzosamente sensual al mismo tiempo. Le doy un beso.

Sin duda se trata de un beso timorato: un choque de labios y dientes no consentido por el que me sentiría muy mal si ella no hubiese estado a punto de torturarme a mí, de manera no consentida también. La reina se aparta, como era de esperar, pero no al momento. Hay un retraso breve pero muy importante, un instante que hace que me cuestione cuánto tiempo hace que la reina ha estado con alguien que se encontraba bajo su control, y si es posible que tenga cierto interés por campesinas sarcásticas y enfermizas.

Después me fulmina con la mirada y empieza a jadear. Extiende el brazo hacia la pequeña daga mientras las mejillas se le ponen de un rosado desigual. No tendría que importarme, porque yo ya debería estar desapareciendo.

Pero no lo hago.

No está pasando nada. El mundo no empieza a desdibujarse a mi alrededor, y no distingo el pasar de las infinitas páginas del universo. No ha funcionado, y ambas estamos bien jodidas.

Algo hace que la reina aparte la vista de mí. Mira más de cerca el espejo que tiene en la mano y abre los ojos como platos.

Me suelta el cuello de la camisa y me agarra de la mano. Antes de poder apartarla, antes siquiera de que me dé tiempo a pensar en soltarle un «¡Oye!», presiona nuestras manos contra la superficie del espejo.

Pero cuando me la acerca descubro que no hay espejo, sino que nuestros brazos lo atraviesan y caemos juntas a una nada absoluta.

4

$\mathcal{H}$ace frío en ese lugar entre mundos. No hay aire, pero noto cómo sopla a mi alrededor y su olor a escarcha y a primeras nevadas. Lo único cálido es la mano de la reina, cerrada con fuerza alrededor de la mía, que nos arrastra a un cuento que no nos pertenece a ninguna.

Choco de rodillas contra el suelo, verde y enmohecido, y la reina cae a mi lado con un ruido sordo y blando. Después emite un sonido como el del aire al escapar de un neumático. Me burlaría de ella si no me sintiese igual.

Me duelen hasta las células, como si me acabasen de meter en un microondas, y tardo más de lo habitual en ponerme de pie y echar un vistazo alrededor.

Árboles. Una brisa suave y primaveral. Trinos de aves demasiado melodiosos. El paisaje está dotado de una imprecisión extraña, como un cuadro prerrafaelita o una vieja cinta de VHS.

La reina se tambalea hasta ponerse en pie frente a mí y extiende los brazos en gesto de triunfo.

—Parece ser que no te necesitaba, Zinnia Gray. Me he salvado a mí misma, como siempre hago y siempre haré.

Pongo los ojos tan en blanco que me duele un poco.

—Ah, ¿sí? Y entonces, ¿quién está ahí dentro?

La sonrisa victoriosa de la reina se hunde un poco por las comisuras. Mira en la misma dirección que yo, por encima del hombro izquierdo, donde hay un ataúd de cristal entre los árboles. Una joven con un maravilloso corte de pelo por encima de los hombros yace tumbada dentro del cristal, con el rostro iluminado por un rayo de luz del sol único y perfecto, y las manos dobladas e inertes alrededor de un ramo de flores.

La reina se la queda mirando. Abre la boca, la cierra y luego la vuelve a abrir.

—No lo sé —responde.

—¿Lo dices en serio? ¿Te has dado un golpe en la cabeza o qué?

—No. Sé quién es, pero... —La reina traga saliva, con la mirada fija en la inquietante palidez del rostro de la joven—. Esa no es mi Blancanieves.

—Sí, ya me lo imaginaba. —Meto ambas manos en los bolsillos mientras entorno los ojos para mirar alrededor—. Tu mundo era un poco más gótico, pero este lugar tiene un aire así en plan: «Ahora en Technicolor». —Reparo en que no lo ha entendido, así que añado con tono malévolo—: ¡Felicidades! ¡Has llegado a otro mundo! Pero sigues en el mismo cuento.

La reina parece confundida y baja la vista hacia Blancanieves mientras empieza a asomar en su mirada un atisbo de repugnancia.

—¿Por qué la luz es así? —Titubea al extender la mano al rayo de luz. Algo violeta flota hasta la palma de su mano—. ¿Esto que cae sobre ella son pétalos de flores?

No respondo porque estoy demasiado ocupada colocándome a su lado. Le quito el espejo de la mano a la reina y lo lanzo de lado contra el tronco de un árbol. Albergo la esperanza de oír el dramático resquebrajar del cristal, pero el marco se limita a hacer un ruido sordo y decepcionante al chocar contra la corteza y caer al suelo, de una pieza. Las dos contenemos el aliento durante medio segundo antes de lanzarnos a por el espejo.

La reina me empuja, pero consigo agarrarme a su cintura. El encontronazo no tarda en degenerar en una pelea de lucha libre. Nuestra ropa se ensucia de moho y de tierra, y empezamos a jadear.

La reina es más fuerte que yo, y también más mala.

—No —jadea—. No pienso… —Me agarra entre las rodillas y se abalanza hacia el espejo—. ¡No pienso quedarme aquí!

Intento golpear el espejo para conseguir que lo suelte, pero justo en ese momento le da la vuelta y mi golpe atraviesa el cristal, de vuelta a esa fría nada procedente del otro lado.

Lo último que oigo es la risa de la reina.

❊ ❊ ❊

En esta ocasión, aterrizamos en un lugar húmedo y poco iluminado, como uno de esos sótanos que nunca llegan a secarse del todo. Abrir los ojos me cuesta más de lo que debería, ya sea por la EGR o por esos viajes no deseados por el país de la nada.

Lo primero que veo es el rostro de una desconocida que me sonríe desde arriba. Es una cara bonita: con pecas, dientes separados y encuadrado por un cabello enredado del color del carbón. No tiene los labios rojos como la sangre y a la piel le ha dado demasiado el sol como para compararla con la nieve, pero sé distinguir a una protagonista cuando la tengo delante.

—Hola —digo con voz ronca.

—¡Buenos días!

Válgame Dios. Estoy harta de las princesas y de sus signos de exclamación.

—Buenos días. ¿Dónde…?

Me incorporo mientras parpadeo para enfocar mejor la habitación. Pero no es una habitación. Es una cueva, con arena en lugar de suelo y una hoguera dentro de un agujero.

La joven, o la mujer en realidad, ya que tiene al menos diez años más que esa querubina a quien había visto en el ataúd, se sienta frente a mí con las piernas cruzadas.

—¿Conoces a esa mujer enfadada?

—En realidad, no la… Bueno, digamos que sí.

Cabecea en dirección a la entrada de la cueva, donde más de

49

una docena de hombres forcejean con una figura alta y de pelo negro. Se oyen muchos insultos por ambas partes.

—¿Quiénes son esos tipos?

La desconocida lanza una sonrisa cariñosa.

—Son de los míos. Me trajeron cuando mi madre intentó asesinarme, y llevo aquí desde entonces.

Lo dice sin mostrar demasiada preocupación en la voz, como si ese intento de filicidio no fuese más que uno de los pequeños infortunios de su vida.

—Ah. —Siento como si se me hubiese fundido el cerebro, pero también recuerdo otras versiones de Blancanieves donde la habían adoptado unos salteadores de caminos o unos bandoleros en lugar de enanitos. ¿Eran españoles? ¿O quizá flamencos? Sea como fuere, estoy bastante segura de que a su madre aún le queda otra oportunidad para asesinarla, y merece que la avise—. Mira, Blancanieves —empiezo a decir.

—Sneeuwwitje.

—Mira, Sneeuwwitje…

La reina grita desde la entrada de la cueva.

—¡Zinnia! ¡Diles a estos rufianes que me suelten!

Yo respondo también con un grito.

—Atadla bien, chicos. Es muy peligrosa.

Se oyen ruidos ahogados de rabia en respuesta, sin duda un repunte en los insultos.

Lo vuelvo a intentar.

—Puede que ya lo sepas, Sneeuwwitje, pero tu madre intentará matarte otra vez. Si alguien se acerca a ti con una manzana, o con un peine, o lo que quiera que sea, tú di que no.

Sneeuwwitje asiente con solemnidad.

—Me dio un anillo endemoniado que me provocó un sueño muy profundo. ¿Cómo lo sabías?

Entorno los ojos para mirar mejor el cuero manchado de su ropa y los callos de las palmas de sus manos.

—Si ya consiguió dormirte…, ¿cómo es que no estás casada con un príncipe?

—Ah, porque le dije que no. Ya tengo diecisiete maridos. —Un hoyuelo muy cautivador le aparece en el rostro, motivo más que suficiente para convencer a un hombre de que comparta una decimoséptima parte de esa mujer y aun así se considere afortunado—. Dieciocho me parecían demasiados.

—Claro, sí —susurro, al tiempo que me hago una nota mental para recordarme que no todas las princesas necesitan que las salven.

Alguien suelta un grito de advertencia. Unos pasos retumban por la arena. Los dedos de la reina se cierran alrededor de mi tobillo y alza la cabeza para sonreírme con fiereza. Dos regueros de sangre le brotan de las fosas nasales y tiene el espejo en la otra mano.

Me da tiempo a decir:

—Pero venga ya, jo…

Y entonces el mundo vuelve a disolverse a mi alrededor.

✿ ✿ ✿

51

El siguiente mundo tiene la estética azulada y brillante de la típica ciencia ficción de futuro lejano. Las paredes están cubiertas de ataúdes de metal frío. Unos rostros cerosos miran desde las pequeñas ventanas escarchadas que hay en ellos, o bien muertos, o bien durmiendo, con labios de un rojo ponzoñoso y enfermizo.

La reina sisea entre dientes y vuelve a lanzarnos al vacío.

Aterrizamos en la ladera de una montaña, solitaria y escarpada. Por un momento, me da la impresión de que estamos solas, pero luego oigo el chasquido de una rama. Un perro de patas largas pasa al trote a nuestro lado, con el pelaje sedoso y plateado y la mirada fija en un objetivo invisible. Lo siguen seis más, un río de patas suaves, cráneos y pelaje admirable.

—Qué… —empieza a decir la reina, pero una mujer que avanza a grandes zancadas aparece detrás de los perros. Tiene el cabello del color de la luna y lleva un vestido del color de la nieve. Abre los ojos de par en par cuando ve a la reina. Durante unos instantes, me da la impresión de que está a punto de enseñarnos los dientes y de lanzar a los perros contra nosotros, pero luego me mira a mí. Inclina la cabeza, como si saludase a una colega soldado de una larga guerra, y después aprieta el paso detrás de los perros.

Las dos nos quedamos de pie y juntas en ese silencio con olor a pino, sin tener muy claro si lo que acabamos de ver es una bendición o una maldición. La reina me coge la mano, esta vez con suavidad, y vuelve a levantar el espejo.

Un campus universitario lleno de edificios cubiertos de enredaderas y de carteles en coreano, donde un chico insultantemente guapo le ofrece una manzana a otro chico igual de guapo.

Un festín de boda ostentoso al que al parecer han acudido siete ogros y una princesa con un vestido del rojo más intenso.

Una mujer encorvada que le ofrece un peine a una joven, con los labios torcidos en una sonrisa funesta.

Siento cómo me deshago, cómo me desenmaraño en ese remolino interminable de jóvenes muertas y tapas de ataúdes, de madres malvadas y manzanas envenenadas. El mismo cuento repetido una y otra vez, como una mujer entre dos espejos reflejada hasta el infinito.

Y luego otro bosque, retorcido y negro bajo un cielo sin estrellas. Doblo el brazo para zafarme de la reina y la aparto con la otra mano. Está demasiado débil como para evitarlo. Tiene la piel fría y pegajosa, y le tiemblan las extremidades.

Rueda bocabajo junto a mí y luego empieza a jadear en ese mantillo de hojas y tierra.

—¿Aquí es donde fijas el límite? —espeta—. ¿Estás segura de que este es el lugar donde quieres quedarte?

No puedo negar que tiene razón. El bosque que nos rodea no se parece en nada al primero al que llegamos, todo él lleno de pétalos de flores y del trino de las aves. Aquí los árboles son nudosos y retorcidos, como huesos astillados que han sanado mal, y la oscuridad daña la vista si la miras durante demasiado tiempo. Había estado en varias versiones de la Bella Durmiente limítrofes con el terror, y regresado de ellas con más cicatrices y seguro que con algún que otro trastorno de estrés postraumático sin diagnosticar. Charm se había cabreado y, para la siguiente ocasión en que salí de casa, encontré una nueva navaja en el bolsillo y un botiquín en la mochila, junto a una nota que rezaba: «No te mueras, imbécil» con la caligrafía sofisticada de Prímula.

Así pues, no, no me gusta el ambiente oscuro tipo hermanos Grimm que tiene este bosque, pero estoy cansada a nivel subatómico, me tiemblan los músculos y me castañetean los dientes. Estoy harta de «cambiar de canal» porque así lo dicte la voluntad de otra persona.

—¿Por qué no? —Me esfuerzo por arrastrar los pies para alejarme un poco y consigo dar varios pasos consecutivos antes de derrumbarme sobre mi mochila, sin soltar el espejo—. Mira, tienes que descansar. Si sigues a este ritmo, te vas a matar.

—Como si te importase mi destino. —Lo dice con voz más sombría, sedosa y grave—. O todo lo que no sea satisfacer tus instintos primarios, claro.

—¿Mis qué?

La reina se incorpora con las manos y las rodillas para dedicarme una mirada altanera.

—Es un poco tarde para fingir indiferencia. Me besaste.

Me debato entre la necesidad de explicarle que el beso fue en realidad una tentativa fallida de fuga o aclararle que no tiene nada de primario el desear a una mujer alta y peligrosa con un rollito de persona horrible (cómo no hacerlo, joder). Pero, en lugar de eso, digo:

—Mira, da igual. Solo necesito un descansito de ese espejo, ¿vale?

—Pues entonces dime cómo salir de este maldito cuento. —La voz de la reina suena cansada, más que cansada, pero no parece dispuesta a claudicar. Sería digno de admiración, si dada mi situación no me resultara irritante hasta decir basta—. Dime cómo y te juro que pararé.

—Chúpamelo.

—¡No es momento para satisfacer tus estúpidas fantasías! —Consigue ponerse en pie a duras penas y da dos pasos tambaleantes en mi dirección—. No tienes ni idea de lo que es enfrentarse a tu propio derecho a existir. De saberte condenada, pero seguir esforzándote por...

Le lanzo un puñado de hojas.

—Que dejes de lloriquear, tía. Descubriste cómo terminaba tu cuento la semana pasada. Yo me he pasado toda la vida sufriendo una sentencia de muerte.

La reina se quita las hojas húmedas del pelo con las uñas, y los dientes le relucen blancos en la penumbra.

—¿Y crees que yo no? —Su voz se ha convertido en un siseo ahogado—. Tal vez no supiese nada de esos zapatos de metal, pero siempre he estado abocada al peor de los finales. Fui la fea, la segunda hija, la que tenía un poder insólito, y luego me convertí en una esposa extranjera que no era capaz de alumbrar herederos. Ahora soy una reina casi tan odiada como temida, y se me ha acabado el tiempo. Pero pienso luchar con uñas y dientes para sobrevivir, y ninguna princesita mona va a detenerme.

Este pequeño monólogo me deja con dos sensaciones no del todo reconfortantes. La primera es el remordimiento repentino y convulso que siento al reparar en la manera en la que se acaba de trastocar mi forma de ver el mundo, al llegar a la conclusión de que Blancanieves podría no ser la única víctima del cuento. La segunda viene provocada por la palabra «mona», que la reina ha tratado de arrojarme como si de un bofetón se tratase, pero que ha perdido fuelle a mitad del vuelo y al final me ha sentado de una manera muy diferente. Comprendo que he empezado a esforzarme por encontrar una respuesta lo bastante mordaz, o simplemente de encontrar una respuesta.

Pero ya ha dejado de mirarme. Ahora tiene la vista fija en la negrura abisal que hay entre los árboles, y que contempla con gesto muy sufrido.

—No, otra no.

Una luz tenue y ambarina empieza a titilar cerca, como si se tratara de una vela que alguien sostuviese en una mano temblorosa. Unos pasos apresurados. El jadeo aterrorizado de alguien que corre por motivos que nada tienen que ver con el ocio.

La reina parece dispuesta a fundirse entre las sombras y dejar que esa persona pase de largo junto a nosotros, a no interrumpir su narración, pero me adelanto con andares trompiconados y digo:

—¿Hola?

Consigo atisbar a una joven con la piel marrón y los ojos llenos de pavor, y entonces reparo en que la luz del farol la ha cegado. Se choca contra mi diafragma y caemos en una maraña de extremidades y de codos mientras la reina suelta un suspiro breve y quejumbroso.

La joven se apresura a ponerse de rodillas e intenta abalanzarse de nuevo a toda prisa en dirección a la oscuridad enmarañada del bosque, pero la agarro por el hombro.

—Oye, tranquila. No vamos a hacerte daño.

Se zafa de mi agarre.

—Tengo que esconderme… Ya vienen…

—¿Quién? ¿El cazador?

Asiente y mira hacia atrás, como si esperara encontrarse allí con un secuaz gigantesco oculto detrás de un árbol. Pero nada se mueve en el bosque.

Sé que le irá bien sola, que no tardará en encontrar a un grupo de enanitos o de hadas amistosos y que seguramente el caza- dor ni siquiera la esté siguiendo, pero es mucho más joven que las demás Blancanieves que he visto, y también está mucho más asustada. Así pues, le digo:

—No te preocupes. Te ayudaremos a encontrar un lugar seguro.

La reina hace un ruido ahogado de protesta y yo le dedico una mirada autoritaria.

—¿Verdad que la ayudaremos?

—No veo razón para hacerlo —resopla ella.

—Dios, eres lo peor.

—Vas por ahí dándotelas de heroína, pero luego no haces nada por ayudarme a mí…

—Me lo plantearía si actuases un poquitito menos como una villana.

La reina se lanza en mi dirección enseñándome los colmillos, pero yo alzo el espejo y lo agito con gesto de advertencia.

—Ah, ah. No querrás romper esto, ¿verdad?

En ese momento, el rostro de la reina se tuerce en un rictus de rabia, sin quitarle ojo de encima a su valioso espejo. Y la joven se coloca entre nosotras.

Levanta el farol muy alto y dice, mirándonos de reojo:

—Ya encontraré ese lugar seguro yo misma.

Y se aleja de nosotras.

Hago una pausa lo bastante larga como para dedicarle a la reina una mirada de: «¿Ves lo que acabas de conseguir?», antes de ir detrás de Blancanieves a toda prisa. Empiezo a rebuscar en la mochila con una mano y saco una caja de madera maltrecha.

—Ahora sí. Esto nos dirá hacia dónde ir.

Saco la brújula y espero a que la aguja deje de moverse. Nos indica que vayamos hacia el nordeste.

La joven abre la marcha, a zancadas entre raíces y ramas retorcidas. La sigo sin consultárselo a la reina, porque no creo que vaya a permitirse el lujo de perdernos de vista a mí o al espejo. Antes siquiera de que hayamos dado diez pasos, oigo sus pisadas y murmullos detrás de nosotras.

El bosque se oscurece y se vuelve más frondoso a nuestro alrededor. Las zarzas se enganchan a nuestras prendas, y unas criaturas pequeñas y escurridizas se escabullen para alejarse del círculo de luz del farol. Unas pocas estrellas reticentes parpadean a través de las ramas como ojos soñolientos, pero la luna se niega a salir.

La joven Blancanieves nunca se detiene ni titubea. Me pregunto por unos instantes qué podría haber asustado a una niña así, que avanza sin temor por la oscuridad, pero decido no darle muchas vueltas.

Terminamos por encontrar otra luz que brilla entre los árboles: un par de ventanas de las que brota una luz cálida y tentadora; una imagen claramente fuera de lugar en ese bosque retorcido y lleno de espinas.

Le señalo las ventanas a Blancanieves.

—Vale, es posible que ahí dentro haya alguien que pueda ayudarte. Haz lo que te pida y no te juntes con desconocidos. Todo va a...

Me quedo en silencio porque, en una de las ventanas, veo la silueta de un pajarillo, el primero que he visto u oído en toda la noche. Tiene una forma que hace que se me ilumine una bombilla muy distante e improbable en la mente.

Aletea hacia nosotras y se posa justo encima de mí, iluminado desde abajo por la luz amarilla y titilante del farol de Blancanieves. Se me queda mirando con un único ojo astuto y, de repente, recuerdo dónde lo he visto antes.

Susurro, con suavidad y un poco desesperada, porque ya llevo más de seis cosas imposibles y aún queda mucho para el desayuno.

—No puede ser.

Pero el multiverso, en su infinita extrañeza, me responde: «Claro que puede ser».

La puerta de la cabaña se abre, y aparece una anciana recortada contra la luz, con exactamente el mismo aspecto que tenía hace cinco años, cuando me senté en su mesa a beber té con una princesa Disney diferente.

Noto un ligero mareo, una inseguridad repentina, como si hubiese caído en un hueco entre cuentos para quedar allí atrapada.

—¿Ze-Zellandine?

Zellandine, por su parte, no parece nada sorprendida de verme. Cabecea hacia el interior para indicarme que pase y pregunta, con voz cansada:

—¿Vais a entrar o qué?

57

5

La joven Blancanieves es la primera en moverse. Se dirige a casa del hada con la espalda erguida y una expresión que sugiere que ahí dentro no puede toparse con algo peor que lo que la persigue. Zellandine le da la bienvenida con el cabeceo propio de una abuela y le indica que se siente a la mesa. La sombra que forman al quedar recortadas contra la luz tiene cierta idoneidad; dos siluetas repetidas en miles de variaciones de miles de cuentos: la anciana que da la bienvenida a la viajera agotada, la bruja que invita a la niña al interior, el hada madrina que da cobijo a la doncella.

Después, Zellandine se gira hacia nosotras y esa idoneidad desaparece. Nos miramos las unas a las otras, tres personajes descarriados que han descarrilado en sus cuentos y después han chocado contra el de otra persona, antes de que Zellandine ponga un gesto como de «Menudo lío» y cabecee en dirección a las otras tres sillas que rodean la mesa.

La cabaña es exactamente como la recuerdo: un ambiente de casita de campo, pero con cierto toque brujil, con botellas de vidrio azul en los estantes y plantas que cuelgan frente a una chimenea chisporroteante. La única diferencia es que la mesa de la cocina ahora tiene cuatro sillas y cuatro tazas de té sobre platillos diferentes.

Le damos un sorbo a la bebida en un silencio incierto, sin mirarnos las unas a las otras. Zellandine unta mantequilla en un pan y lo deja frente a Blancanieves, que se lo come con la eficiencia determinada de alguien a quien no le importan las calorías de más. A la luz de la cabaña, parece incluso más joven de lo que pensaba, con unas mejillas redondeadas, pero carece de esa ingenuidad propia de los niños. Tiene una expresión hermética y alerta, precoz y al mismo tiempo lúgubre e insólita, como la de una niña que ha pasado demasiado tiempo pensando en cómo y cuándo va a morir. Es la misma expresión que tengo yo en todas mis fotos de la escuela.

—Arriba tenéis una cama —dice Zellandine con voz amable.

Los ojos de Blancanieves miran las ventanas iluminadas, que brillan como balizas en aquel mar oscuro del bosque, y Zellandine añade, con tono más amable si cabe:

—Haré guardia durante la noche.

Blancanieves le da las gracias con voz ronca y una mano en el pecho, y luego repite el gesto mientras me mira. Titubea un poco, pero hace lo propio con la reina, que abre los ojos un poco más. Supongo que las madrastras malvadas no están acostumbradas a que les den las gracias.

Zellandine limpia las tazas de té mientras Blancanieves sube las escaleras con rumbo a la habitación, que estoy segura en un noventa y ocho por ciento de que no existía la última vez que tomé té en aquel lugar.

—Hay tres camas ahí arriba —comenta Zellandine.

La reina hace un esfuerzo visible por erguirse.

—Te lo agradezco, pero me temo que Zinnia·y yo tenemos que continuar nuestro camino.

Intento hablar con un tono de reprimenda distante, pero lo único que consigo es sonar muy cansada.

—Dios, tenemos que descansar. —Toco el marco plateado del espejo que ha dejado sobre la mesa—. Ya nos centraremos en tu fuga por la mañana. Te lo prometo.

Me dedica una mirada letal, pero hasta sus ojos parecen cansados. Después de una pausa larga y onerosa, replica, con voz grave:

—Tienes que prometerme que no vas a huir ni a romper el espejo mientras descanso.

Siento el impulso de poner los ojos en blanco, pero reprimo las ganas y la miro con gesto serio.

—Claro. Sí. Lo juro. —Deslizo el espejo por la mesa y ella lo detiene apoyando dos dedos largos en el marco. Después abre un poco los labios, como sorprendida—. ¿Ves todo lo que se puede conseguir pidiendo las cosas bien?

La reina me dedica una mirada luctuosa e inescrutable antes de seguir a Blancanieves al piso de arriba.

—Lo siento —le digo a Zellandine—. Es la villana, obviamente.

Zellandine se quita el delantal, con manos más lentas y viejas de lo que recuerdo, y luego se sienta frente a mí.

—Bueno, no todas las villanas somos tan malas.

Noto cierto atisbo de humor en el azul claro de sus ojos.

No, pero ella es villana de las de verdad, no un hada proto 61
feminista a la que han malinterpretado.

Zellandine emite un ruido demasiado neutro, sin que sus ojos dejen de relucir con ese humor subrepticio.

—No todas podemos elegir el papel que vamos a interpretar. Deberíais saberlo bien.

Me resulta inevitable pensar en los papeles que ha tenido que interpretar la reina: la princesa fea, la reina estéril, la monarca extranjera. Un cúmulo de mujeres condenadas a que las odien y privadas de la capacidad para protegerse a sí mismas. Trago saliva como puedo, con la garganta seca a causa de este acceso tan inoportuno de compasión.

—Claro, es cierto. Pero todas podemos elegir qué hacer con nuestro futuro. Tener un pasado triste no es excusa para ser una imbécil. Yo lo sé bien.

Doy por hecho que he conseguido echar por tierra su retórica, pero Zellandine me hace dudar cuando murmura:

—Sí que lo sabéis bien.

—¿A qué se supone que viene…?

—¿Cómo está la princesa? —pregunta Zellandine con naturalidad y tono cordial. No hay razón alguna para que la pregunta me haya sentado como un golpe inesperado.

Intento poner una expresión igual de natural y cordial.

—Está bien. Genial. De hecho, se ha casado. —Me siento rara por sonreír, pero soy incapaz de sentirme de otra manera—. Y deben de estar viviendo felices y comiendo perdices, supongo.

Zellandine me dedica un asentimiento más compasivo de lo que pudiese parecer.

—¿Cuándo la visteis por última vez?

—Hace tiempo. Unos pocos meses. —Seis meses y doce días, pero qué más da—. Pero bueno, que tampoco creo que sea muy importante. Lo importante ahora es que me digas qué narices está pasando. ¿Qué haces aquí?

No me da la impresión de que a Zellandine le haya afectado ni lo más mínimo el cambio de tema. Es irritantemente difícil sorprender a un hada con el don de la profecía.

—Podría preguntaros lo mismo —responde ella al momento. Encoge un hombro al ver que entorno los ojos—. Este tampoco es vuestro cuento.

—Sí, pero yo no tengo la culpa. Quiero regresar al universo de la Bella Durmiente tan pronto como pueda.

No menciono la esperanza secreta e indómita que albergo de no volver nunca a mi cuento, ni que he encontrado una manera de romper este ciclo sin fin de jóvenes malditas y dedos pinchados, de romper las paredes de mi trama y alcanzar otras dimensiones narrativas, como la mascota animada de una marca de bebidas que aterrizase en el mundo real. Y si soy capaz de forjarme un nuevo comienzo en otro cuento, ¿qué me impediría forjarme también un nuevo final?

Sobreviene una pausa y consigo hablar antes de que la esperanza que albergo lo haga por mí.

—Me secuestró una reina malvada. ¿Cómo has llegado tú aquí?

Zellandine se reclina en la silla y me mira como si supiese exactamente lo que pienso pero no he dicho.

—Es algo que ya me ha ocurrido varias veces. Salgo al exterior y descubro que estoy en mitad de un bosque que no reconozco, o en la cima de una montaña que no es la mía. En una ocasión, me desperté y descubrí que mi casa había quedado cubierta de chucherías, con galletas de jengibre en lugar de tejas, y azúcar y caramelo en lugar de cristales en las ventanas.

Pienso: «Joder».

Y digo:

—Joder.

En ese momento, recuerdo el lobo parlante del mundo de la reina, mi ejemplar manchado de zumo de los cuentos de los hermanos Grimm, todos esos objetos que parecen haber quedado a la deriva.

—Estás viajando entre cuentos.

Zellandine ladea la cabeza.

—Al parecer, hay muchos cuentos que necesitan a una anciana con dotes mágicas que vive en el bosque. En general, no es que me importe. Una maldición al típico príncipe arrogante, dejar que una o dos personas atractivas se calienten junto a mi chimenea. —Le examino el gesto para ver si se trata de una indirecta, pero sospechosamente no es el caso—. Pero de un tiempo a esta parte ocurre cada vez más a menudo. Y empiezo a sentirme...

Se queda en silencio mientras se rasca la cara interior de la muñeca. La piel de esa zona es translúcida y blanca como la leche, una característica que no recuerdo de la última vez que la vi hace cinco años.

—¿Como mantequilla que se ha untado sobre demasiado pan?

—Sí, justo así —susurra—. Y tengo que confesar que me gustaba mi hogar en las montañas. Lo echamos de menos.

El mirlo gorjea mientras la mira, y casi no me doy cuenta de que la palabra «hogar» se ha quedado retumbando en mis entrañas como una bala perdida que alguien hubiese disparado sin pensar. Recuerdo mi teléfono, con la batería al máximo pero apagado, guardado en uno de los bolsillos internos con cremallera de la mochila, de esos que nunca se abren. Pienso en tres manos enterradas en el mismo cuenco de palomitas. Pienso en el rostro de Charm la última vez que la vi, pidiéndome algo que nunca sería capaz de darle.

—Bueno. —Carraspeo para quitarle hierro al asunto, pero solo consigo hablar con un sarcasmo enfermizo—: Tienes que admitir que tu cuento era un poco mierda.

—Pero era mío —objeta Zellandine, con un tono más mordaz que antes, un tono que incluso podría considerarse impregnado por la tristeza. Se muerde un carrillo antes de añadir—: Puede que no lo hubiese elegido, pero sí que elegía siempre qué hacer a continuación.

—Siempre elegías ayudar a las demás, si no recuerdo mal.

Mi intención era que sonase como una reprimenda hiriente, pero Zellandine asiente, pensativa.

—O no, ahora que lo he pensado bien. Mi intención era salvar a las demás de un destino como el mío, pero tal vez las estuviese privando de su derecho a elegir, a forjar sus propios cuentos a su antojo.

Me dedica una mirada tan dulce que espeto, a la defensiva:

—Oye, yo no... No es eso. Lo que yo hago es ayudar a las demás a arreglar sus cuentos. Y, si no se puede, las ayudo a escapar.

Zellandine no ha dejado de mirarme con esa benevolencia que blande como un arma.

—Bueno, yo no creo que ninguna de nosotras pueda escapar del todo de nuestros cuentos.

—Prímula lo hizo.

—¿Estáis segura?

Me dan ganas de decirle con tono desdeñoso que no creo que Perrault o Disney se imaginasen jamás a la Bella Durmiente casándose con una tiarrona buenorra con el pelo rapado por los lados de la cabeza y un tatuaje de Supermán, pero me da la sensación de que tal vez esté en lo cierto. De hecho, ni yo misma lo tenía muy claro: «Viviendo felices y comiendo perdices, supongo».

Levanto las manos en un gesto de fingida claudicación, agotada de repente.

—Bueno. Lo siento por el cambio de narrativa; aun así, me alegra que estés aquí esta noche.

Mi silla rechina contra el suelo de madera cuando me pongo en pie para dirigirme a las escaleras.

Zellandine se dirige a mí justo cuando poso la mano en la barandilla.

—No entiendo qué es lo que me pasa, ni cómo ocurre.

Mira de refilón y sus ojos se iluminan con el rojo apagado de la chimenea. Entonces la veo con el aspecto que debe de tener en los otros cuentos: como el hada que maldice reinos, como la anciana que castiga a los viajeros ingratos, como la bruja que aguarda en el bosque.

Se le retuercen los labios en una sonrisa burlona y fatigada, hasta que vuelve a ser simplemente Zellandine.

—Pero creo que ambas sabemos la razón.

❄ ❄ ❄

Las camas de Zellandine son mullidas y cálidas, con mucha franela y pieles, pero duermo incómoda y de manera intermitente. Cada vez que estoy a punto de caer en la inconsciencia, me despierta algún ruido, como el raspar de las ramas deshojadas y negras en la ventana o el trino distante de las aves nocturnas, y me quedo con los ojos abiertos como platos y jadeando en un charco de adrenalina. Blancanieves parece acostumbrada a dormir con esos efectos de sonido propios de una película de terror, pero cada vez que miro hacia la cama de la reina, veo el centelleo blanco de unos ojos abiertos antes de que ambas apartemos la mirada.

El desayuno de la mañana siguiente es gris y silencioso. Persigo las gachas en círculo y con desgana por el cuenco, mientras ahogo accesos de tos productiva en el hueco del codo y evito preguntarme si suenan mejor o peor que el día anterior, si unas pequeñas proteínas han empezado a brotar en mis bronquios como si fuesen unas letales luces de Navidad.

La reina tampoco tiene muy buen aspecto. Le han salido unos moretones hinchados debajo de ambos ojos y se le ha corrido casi todo el maquillaje, lo que le hace parecer un cuadro expuesto a la luz directa del sol durante mucho tiempo. Varias pecas han empezado a asomar con determinación a través de los restos de la base de maquillaje que lleva, y forman en su rostro unas constelaciones inesperadas.

Zellandine se sienta en el extremo de la mesa y se cruza de brazos como una mujer de negocios.

—Anoche no nos presentamos como es debido. Soy Zellandine, una vieja amiga de Zinnia.

Mira con expectación a la reina, que me mira a mí por algún motivo. Por unos instantes, veo algo que sangra en carne viva detrás de sus ojos, una herida sin coser, pero recupera la compostura casi de inmediato.

—Puedes llamarme majes…

—Reinalda —interrumpo. La reina me dedica una mirada que se pasa de fulminante. No me gusta nada el atisbo de vulnerabilidad que veo en sus ojos, otra muestra de esa herida abierta en su interior, por lo que me inclino hacia delante y le susurro—: Es un diminutivo de «Reina Malvada».

No ha dejado de resoplar, pero yo empiezo a hacer un ademán en dirección a la niña que está sentada junto a mí.

—Y esta es Blancanieves, claro.

Blancanieves no ha dejado de comer las gachas, en un silencio determinado, mientras contempla las ventanas como si esperase a que, de un momento a otro, algo saliese de entre los árboles. Cuando me oye hablar, se estremece hasta tal punto que el cuenco de comida se le cae al suelo entre tintineos. No parece darse cuenta, encorvada en la silla y con la mirada fija en mí.

—Oh, perdón —digo, con cautela—. ¿No te llamas así?

Ella responde despacio, como si esperase de mí que empezaran a salirme colmillos o que me fuera a abalanzar sobre ella en cualquier momento.

—No. No eres… —Entorna los ojos. Me mira la cara, y luego los vaqueros y la mochila que tengo apoyada en la silla—. No eres… No eres de aquí, ¿verdad?

—Qué va. Soy una turista interdimensional que está de paso.

Se me queda mirando durante otro instante largo e intenso, antes de decir, con inquietud:

66

—Me llamo Roja.

—Ah. —Hay varias versiones que parten del folclore occidental, como Rojarosa o Caperucita Roja, pero no sé qué pintaría ninguna de ellas en el típico cuento de Blancanieves. (Sí, es cierto que hay un cuento de los Grimm que se llama «Blancanieve y Rojarosa», pero no tiene nada que ver con el de Blancanieves. Sí, es muy confuso, pero las culpas, a Jacob y a Wilhelm.)

El nombre de Blancanieves siempre ha tenido implicaciones muy incómodas sobre los estándares racializados de la belleza, pero puede que en este mundo su madre le haya cambiado el nombre al fijarse en la gota de sangre y no en la nieve en la que cayó.

—Hola, Roja —digo, con toda la amabilidad de que soy capaz, que no es mucha—. Ya deberías estar a salvo. Zellandine es un hada muy poderosa y te mantendrá oculta para que tu madrastra malvada no te encuentre.

Roja arquea las cejas.

—¿Mi qué?

—O tu madre. O tu hermana. O quien sea…

—¿Qué os parece si es la niña la que nos cuenta su cuento? —comenta Zellandine, no sin algo de crudeza en la voz.

Un momento después, durante el que le saco la lengua a Zellandine y en el que la reina suspira como si se arrepintiese de todas las decisiones que la han llevado a estar sentada en esta mesa, Roja empieza a hablar. Tarda unas dos frases en confirmar que nos encontramos lejísimos de las criaturas cantarinas de los bosques de Disney, siempre cubiertos de flores. No estamos siquiera en una de las fantasías sangrientas de los hermanos Grimm, con esa moralidad tan violenta. Nos encontramos en un lugar mucho más oscuro, salvaje y antiguo, donde el villano tiene unas ansias terribles y la heroína es la única que sobrevive.

Resulta que Roja no es una princesa. Es la hija de un pastor de una aldea pobre que hay en la linde del bosque. Todos los inviernos, la reina envía a sus cazadores para capturar a los niños más fuertes y sanos, que luego encierra en su guarida.

—Nadie sabe lo que hace con ellos. Ivy dice que les da chucherías y joyas, pero Ivy es estúpida. —Roja habla con tono neutro y

67

sosegado—. Yo creo que les arranca los corazones y luego se los come. Lo que sí está claro es que nadie los vuelve a ver.

Sobreviene un breve silencio fruto de la consternación. La reina, aunque supongo que es mejor llamarla Reinalda porque aquí no es reina de nada y el nombre parece irritarla mucho, es la primera en hablar.

—Pero ¿para qué iba a hacer algo así?

Roja le dedica una mirada con la que sugiere que no le interesan demasiado las motivaciones personales de una reina caníbal. Zellandine especula sobre las propiedades mágicas latentes en los corazones de niños inocentes y el poder que podría llegar a conseguirse, en teoría, gracias a su ingesta. Pero yo no me entero de gran cosa, porque me dedico a hablar entre susurros con Reinalda. («Espera, espera, señorita Instancia Moral Suprema, ¿tú no eras la que quería los pulmones y el hígado de Blancanieves?» «Sí, pero ¡no iba a comérmelos! ¡No soy tan depravada!»)

Mando a callar a Reinalda, algo que ella odia con todas sus ganas, y luego me giro hacia Roja.

—Y tu familia, tus padres… ¿Han dejado que te secuestre sin más? —Le miro el pelo, que le cae a los lados del rostro en unas trenzas maravillosas, y me recuerda a cuando mi padre me trenzaba el pelo con mucho cuidado todos los días antes de ir a la escuela. Me queda claro que alguien la quiere mucho—. ¿No lucharon por ti?

Reinalda emite un ruido mordaz que me da más información de la que me gustaría sobre sus padres, pero Roja responde, en voz baja y con una brevedad aciaga:

—Sí que lo hicieron.

Reinalda parece estar afanándose con algo, ya que no deja de mover los labios hasta que dice, con un tono cercano al enfado:

—¿Y por qué los de tu aldea no os marcháis u os escondéis?

—Porque ella siempre nos encuentra —responde Roja, aún en voz baja—. La gente dice que habla con la luz, o tal vez con un espejo mágico. Y luego… —Vuelve a girar la vista hacia la ventana y, en esta ocasión, el tono marrón de su piel se vuelve ceniciento—. Y luego su cazador viene a por ti.

Hay algo en la gramática de esa frase que me suena raro, y solo cuando oigo el crujido de muchos pares de botas en el exterior y el retumbar de muchos puños contra la puerta comprendo que la he oído mal. No ha dicho «su cazador viene» en singular, sino «sus cazadores vienen».

❀ ❀ ❀

El primer pensamiento inútil que me viene a la cabeza es: «Así no es como ocurre». Se supone que tiene que haber una bruja disfrazada de anciana, una manzana del color de la sangre y un ataúd muy bonito en el bosque. Se supone que tiene que haber tres oportunidades y un final feliz, pero en lugar de eso solo oigo unos puñetazos que retumban en la puerta.

Luego se oye un grito estridente:

—¡Sabemos que estás ahí dentro, niña! ¡Sal por orden de la reina!

Roja se levanta de la silla y empieza a retirarse hacia la cocina al tiempo que agarra con fuerza un cuchillo de sierra. Zellandine empieza a ponerse en pie y se ata el delantal con dedos temblorosos. Reinalda y yo somos las únicas que nos quedamos paralizadas, como un par de maniquíes en un centro comercial atestado.

Las manos de Zellandine han dejado de temblar para cuando abre la puerta.

—Se equivocan, buenos señores. Aquí dentro solo estoy yo.

Es un buen intento, pero sin duda va a acabar mal. Antes de que termine de hablar, un hombre de rostro enjuto le propina un empujón para entrar y echar un vistazo por la cabaña. Sus compañeros entran detrás. Todos presentan el mismo aspecto nervudo e insalubre, y también llevan los mismos collares amarillentos. Estos tintinean de forma extraña cuando se mueven, como dientes que castañeteasen. Tardo un buen rato en comprender lo que son en realidad: dientes humanos que cuelgan de cordeles de cuero. Noto la bilis en la garganta, caliente y repugnante.

El líder señala a Roja.

—Acompáñanos.

Ella niega con la cabeza una vez, con los nudillos pálidos que rodean el cuchillo de sierra y la barbilla aún alzada. Dios, esta niña merece algo mucho mejor que esta historia sangrienta y descarnada. Uno de los cazadores desenfunda un cuchillo que no se creó con el cometido de cortar pan, pero justo en ese momento se le convierte en cenizas en la mano. Unos copos grasientos caen en silencio hasta el suelo.

—No os he invitado a entrar, muchacho —gruñe Zellandine detrás de él.

Pero jadea mientras lo dice, y el rostro se le ha quedado pálido y con la piel fina como la de una cebolla. En el mundo de Prímula, me había dado la impresión de ser una mujer invencible para la que no pasaban los años, alguien capaz de convertir los cuchillos en plumas con apenas un parpadeo, pero tal vez solo pudiera ser así en su mundo y las reglas sean diferentes en este en el que nos encontramos ahora. Puede que aquí el poder tenga un precio, y que lo esté pagando.

70

El cazador sin cuchillo parece notar la debilidad de Zellandine, porque se da la vuelta y le propina un fuerte empujón, como si en vez de ser una bruja solo fuese una anciana. Alguien grita y, cuando me pongo en pie, comprendo que he sido yo. Los cazadores me miran, y veo que he aferrado con fuerza el asa de mi mochila. Total, tampoco es que mi esperanza de vida fuese muy halagüeña. La balanceo en dirección al rostro del líder.

El enfrentamiento posterior es breve y embarazoso. En menos de un minuto, me encuentro bocabajo con la rodilla de alguien separando con fuerza dos de mis vértebras. Una mano me agarra del pelo y me aplasta la cara contra el suelo con una naturalidad pasmosa. Después, todo se ralentiza y los sonidos se ahogan, al tiempo que mi visión se llena de unos estallidos negros.

Oigo pasos de botas. Un golpe seco y carnoso y luego un grito ahogado. El líder de los cazadores pregunta, en la lejanía:

—¿Y tú? ¿Vas a darnos problemas?

Una pausa, tensa a causa de la previsión de la violencia, seguida de la voz de Reinalda que pronuncia una sílaba única y escueta:

—No.

Los cazadores se marchan, y solo hacen una pausa para propinar algunas patadas a mi caja torácica al pasar.

En su ausencia, solo queda el plic de mi sangre al caer contra los tablones del suelo y el chirrido de la puerta mientras se agita a causa del viento. Y, en la distancia, alejándose a toda prisa, los gritos de esa niña valiente cuya bravura ha quedado truncada.

6

—*B*ueno, pues no nos queda otra. —Mi mochila retumba al caer sobre la mesa—. Tenemos que
ir en su busca.

Tengo la esperanza de que, si lo digo con la
autoridad suficiente, seamos capaces de obviar
la parte de la conversación en la que Reinalda se
pone a lloriquear y deja a un lado los valores mo-
rales, pero al parecer no lo he conseguido, porque dice:

—Te aseguro que no hay por qué hacerlo.

Ni ha abierto los ojos. Tiene las manos sobre
la encimera de la cocina y la cabeza gacha. Las
trenzas elaboradas le cuelgan por la parte de atrás
del cuello, un peinado que no se parece en nada a
esa corona negra y elegante de pelo que llevaba la
primera vez que la vi en el espejo.

—Sí, estoy de acuerdo con que sería ideal que
fuésemos más y que Zellandine siguiese consciente.

Cuando han dejado de pitarme los oídos y mi
hemorragia nasal se ha convertido en poco más
que una masa espesa, obligo a Reinalda a que me
ayude a levantar del suelo al hada. No tengo ni
idea de cómo vamos a subirla por las escaleras,

pero por suerte no es necesario. Los escalones han desaparecido para transformarse en una cama que se encuentra en un rincón del primer piso, con las sábanas ya bajadas. Metemos a Zellandine bajo ellas, quien nos dedica una cálida sonrisa. Me agarra de la mano con dedos fríos.

—Iréis tras ella, ¿verdad? —pregunta, resignada. Yo asiento, pero ella aprieta con fuerza los dedos—. Pero luego… Id a casa. Todo ha empezado a enmarañarse. Las fronteras se emborronan. No podéis seguir huyendo por toda la eternidad. —Mi segundo asentimiento es más un ademán evasivo con la barbilla. Zellandine entorna los ojos—. Todos los cuentos tienen un final, Zinnia.

Después parece quedarse dormida. El mirlo apoyado en la columna de la cama le dedica una mirada llena de preocupación, primero con un ojo y luego con el otro.

—Supongo que lo tienen. —Le dedico a la reina un sentido encogimiento de hombros—. La esperanza es lo último que se pierde.

Reinalda abre los ojos, pero solo para entornarlos al mirarme, como si tuviera un ataque de migraña.

—¿Estás segura de que es lo último?

Me lo pienso.

—Da igual. Lo importante es que tenemos que irnos.

Aprieta los labios. Vuelve a cerrar los ojos.

—No, no vamos a irnos.

Empiezo a vaciar y a volver a llenar mi mochila para soltar lastre innecesario. Abro la cremallera de un bolsillo interior y dejo el móvil sobre la mesa con mucho cuidado.

—¿Sabes una cosa…? —empiezo a decir. Hago todo lo posible por mantener un tono educado. Bueno, quizá no todo lo posible. Vale, tampoco es que me esmere mucho—. A lo mejor no tendríamos que ir a salvar a una niña de las garras de una reina caníbal si hubieras movido un poco el culo en la pelea, pero decidiste quedarte ahí sentada mientras el resto…

Ahora es Reinalda la que se gira hacia mí y me enseña los dientes.

—¿Y se puede saber qué has conseguido exactamente al obrar de ese modo? —Cruza la distancia que nos separa y extiende el brazo de repente hacia mi cara. La miro desde arriba, sin saber muy bien si echarme atrás o apartar la mirada, pero su pulgar me roza el mentón con una suavidad que me deja muy sorprendida. Al apartarse de mi piel, veo que está manchado de un rojo pegajoso—. Ya he intentado explicarte mi opinión, pero cabe la posibilidad de que no me hayas entendido. —Le vibra la voz, cargada de emoción—. Todo lo que he hecho y todo lo que haré solo sirve a un propósito: sobrevivir.

Y una parte nada desdeñable de mí lo entiende, vaya si lo entiende. Siente afinidad con una afirmación así, la admira... Sí, la ansía incluso. (La manera en la que me mira ahora, con esos ojos que relucen a causa de esa infinita alegría de vivir, con el rostro iluminado por una intensidad que arde y lo lleva más allá de lo atractivo para convertirlo en algo mucho más peligroso... Un peligro por el que me dejaría atrapar.)

Pero yo solo he tratado de sobrevivir. He pasado veintiún años de mi vida poniendo todo mi empeño y mi voluntad en conseguirlo, aceptando una serie de normas (date prisa, dalo todo, no te enamores, intenta no morir) que me han dejado con una única amiga y ningún plan de futuro. Y al final resulta que nada de eso ha importado. Al final, me he quedado sola contra mi enfermedad inflexible, y la única razón por la que he sobrevivido es que otra persona (una pareja, para ser más exactos) me salvó.

Por eso me quedo mirando durante un buen rato a Reinalda, con ese gesto tan egoísta, feroz y sexy que le provoca su voluntad de vivir, y niego con la cabeza.

—Vale. —Dejo apretado el botón de encendido del móvil y espero a que la pantalla se ilumine, mientras me niego en redondo a pensar en por qué lo hago o a quién voy a llamar—. Pero yo me voy.

Reinalda parpadea.

—¿Por qué?

—Porque...

Hay formas muy nobles de terminar dicha frase («porque Roja es valiente, lista y merece algo mejor», «porque el empollón buenorro de *The Good Place* tenía razón y el significado de la vida se reduce básicamente a ayudarnos los unos a los otros») y también formas menos nobles pero más honestas («porque, aunque esté salvando a otras personas, no puedo evitar recordar por unos instantes que no puedo salvarme a mí misma», «porque entrar como Pedro por su casa en una fortaleza del mal me resulta más fácil que enseñarle mis radiografías a Charm y ver cómo empieza a comprender, otra vez, que no estaré aquí por tiempo ilimitado y que aún hay un tranvía que se dirige hacia nosotras a toda velocidad»).

Pero lo que digo en realidad es mucho más aburrido:

—Pues porque sí. Alguien tiene que hacerlo.

Reinalda mantiene el gesto impasible, inmóvil como una estatua de mármol llamada Monarca que no se conmueve con las súplicas de los campesinos. Pero también percibo cierta melancolía añeja en la mirada, como si me envidiase. Como si desease ser también una joven estúpida de veintiséis años con la inconsciencia y la valentía propias de alguien que padece una enfermedad terminal, en lugar de ser esa villana predecible que hace cosas de villana predecible. Pienso en las palabras de Zellandine cuando me decía que no podemos elegir nuestros cuentos, pero que sí podemos elegir qué hacer a continuación.

Y entonces se me ocurre una pésima idea. Meto los brazos por las asas de la mochila y le sostengo la mirada con firmeza.

—Si vienes conmigo y me ayudas a salvar a Roja, te diré cómo salir de este cuento. —Me inclino hacia delante y toco la parte trasera de su espejo mágico, del que nunca se aleja demasiado—. Te lo prometo.

Reinalda aparta la mirada del espejo y la fija en mí, y abre los ojos todo lo que puede al comprender que no me refiero a «esta versión en particular del cuento», sino a «este cuento que estamos viviendo, pero en términos más generales». Que me refiero a cómo evitar su horrible final, la lógica cruel del arco narrativo de su personaje.

Mueve el gesto al fin, y tardo un momento en reconocer la expresión que pone. La he visto mirarme con desdén, sonreírme con suficiencia y enseñarme los dientes con todo tipo de gestos crueles, pero es la primera vez que la veo dedicarme una sonrisa genuina.

Soy incapaz de no parpadear varias veces.

—Bueno. —Una respuesta en forma de sonrisa empieza a extenderse por mi semblante, y soy incapaz de evitarlo—. ¿Trato hecho?

❈ ❈ ❈

Visto en perspectiva, Reinalda y yo podríamos haber dedicado más tiempo a repasar el plan de rescate.

Pero lo único que hicimos en realidad fue consultar su espejo mágico, que nos confirmó que Roja seguía viva. (Reinalda había mirado a Roja con un gesto muy cercano al de la culpa, aterrorizada y con la cara cubierta de lágrimas.) Después nos limitamos a meter suministros en mi mochila. Agua embotellada, aperitivos, mi brújula mágica molona, su espejo mágico molón, un teléfono funcional y del todo cargado y dos de los cuchillos más afilados de Zellandine, que pretendíamos devolverle. Bueno, que *yo* pretendía devolverle, al menos. Pero después de cruzar la puerta de la cabaña, oímos un tenue e inaudible «pop» y notamos un ligero olor a rosas. Cuando nos dimos la vuelta, Zellandine y su cabaña habían desaparecido.

La única alternativa que teníamos era seguir adelante con nuestro plan. Saqué la brújula y pensé en Roja, con esos ojos vigilantes y la boca torcida en gesto lúgubre, con el pelo alborotado por alguien que se había enfrentado con ella y perdido. La aguja apuntó hacia el noroeste, y nos dispusimos a seguirla.

No fue un viaje tranquilo. La mayoría de las cosas no nos pusieron en grandes aprietos, y vaya si había cosas en ese bosque, ya fuese por los cuchillos o porque dichas cosas buscaban otras cosas más grandes y jugosas que comerse. Más o menos a la hora del almuerzo (que consistía en media barrita energética de pastel de zanahorias, una comida que Reinalda examinó con curiosidad científica, sin dejar de palparla con cuidado, hasta que fue consciente de que tenía que comérsela), algo horrible cayó en mi mochila abierta. Empezó a revolver lo que había dentro, y lo rompió todo mientras chillaba, con unas garras muy alargadas.

Reinalda consiguió clavar a la criatura en el tronco de un árbol, atravesada por el corazón con el cuchillo, antes siquiera de que me diese tiempo a gritar como era debido. Diría qué clase de animal era, pero lo cierto es que no tengo ni idea y su mera visión hacía que se me retorciese el cerebro. Así que dejémoslo en que era algo chungo, como si una serpiente se hubiera follado a una tarántula y su descendencia hubiese muerto en un pozo de brea antes de que la reanimase el nigromante más mediocre de su promoción.

—Gracias —dije, con una voz dos octavas más agudas de lo habitual.

No recibí respuesta alguna, pero sí un fruncimiento desdeñoso del labio superior de Reinalda. Ambas reanudamos el camino con más cuidado a partir de ese momento, aterrorizadas ante cualquier ruido. Cuando el ocaso se adueñó del bosque (aunque aún no tengo claro si aquel lugar abandonaba ese ocaso en algún momento, ya que parecía existir en una paleta de colores muy limitada que iba desde las tonalidades crepusculares hasta el gris plomizo), estábamos temblando y muy tensas. Yo ya llevaba unos cuantos kilómetros tratando (sin éxito) de encontrarle algún nombre divertido al tic que había empezado a sufrir en el ojo izquierdo.

Reinalda alzó la mano y yo me estremecí mientras me echaba atrás.

—¿Qué...? ¿Dónde...?

Señaló en silencio detrás de los árboles. Yo seguí el dedo con la mirada y lo vi: una pared de piedra alta manchada de un negro viscoso y alquitranado. Alcé la vista a través del oscuro encaje de las hojas y, en ese momento, llegué a la conclusión de que Reinalda y yo podríamos habernos preparado mucho mejor, en lugar de llevar a cabo aquella misión de rescate ridícula. Por ejemplo, podríamos habernos provisto de armas de asedio, o de un pequeño ejército, o de uno de esos *mechas* enormes que salen en *Pacific Rim*. Pero los únicos pertrechos con los que habíamos partido eran dos cuchillos de cocina y un auténtico surtido de objetos mágicos de poder cuestionable, como personajes de videojuego que fueran de cabeza a enfrentarse al jefe final sin subir de nivel.

Digo:

—Oh. Menuda mierda.

Y me quedo corta al describir la mierda que tenemos frente a nosotras.

Sí, cuando una busca la guarida de una reina caníbal espera encontrarse cosas más o menos espeluznantes. Das por hecho que vas a toparte con algo parecido al castillo de Bestia antes de su cambio de imagen, con gárgolas y contrafuertes y más tormentas eléctricas de lo que resulta estadísticamente probable. Pero nadie está preparado para encontrarse con lo que veo en ese momento: unas ruinas de huesos y de cristal negro aserradas que hacen que la Puerta Negra de Mordor parezca la casita de la Barbie Malibú. Los árboles se apretujan contra los muros y se extienden por encima de las almenas, como si de dedos serviles se tratasen. Unas cosas oscuras y con alas vuelan alrededor de las torres mientras chillan con voces demasiado humanas.

—Bueno. —Reinalda dedica un gesto sarcástico a los muros—. ¿A qué esperamos?

Después de otra breve ronda de susurros («Todo esto fue idea tuya.» «¡Lo sé! ¡Hay más calaveras de las que esperaba, la verdad! Espera un momentito.»), recupero la compostura y digo, con voz calmada:

—Vale. Tiene que haber una entrada alternativa.

—Lo dudo mucho. Si yo construyese una fortaleza inexpugnable para retener a mis víctimas desesperadas, no abriría una entra...

—Sí, lo sé, pero siempre hay una entrada alternativa. Confía en mí.

La cara de Reinalda se retuerce en un gesto extraño, que doy por hecho que es su respuesta natural a la idea de la confianza, pero luego empieza a seguirme entre bufidos mientras rodeamos los muros. Unos pocos guardias repiquetean a nuestro alrededor por las almenas, pero ninguno parece vernos mientras nos escabullimos debajo de ellos. Supongo que no es el tipo de lugar en el que alguien trataría de colarse.

Después de escabullirnos durante menos de quince metros, percibo una brisa húmeda y nauseabunda que emana de algún lugar cercano y sopla en nuestra dirección. Huele como a carne podrida y a sufrimiento humano, y nos conduce sin la menor dificultad hasta una reja oxidada y cubierta de vegetación que hay en el suelo.

Hago un ademán y susurro:

—*Voilà*. Una entrada alternativa.

Reinalda entorna los ojos con gesto contrariado al mirar la reja. Después espeta:

—Tiene que ser genial eso de ser la protagonista.

Le dedico mi sonrisa más insolente y replico:

—A ti te pegaría serlo.

El comentario es más sincero de lo que pretendía, y Reinalda me lanza una mirada fugaz y luego aparta la vista.

Aparto la reja a un lado y me cuelo por el hueco. Aterrizo con un plof bastante repulsivo. El agua (no es agua) es fangosa y está fría, y me llega hasta la mitad de los muslos. Me parece un momento más que adecuado para que Reinalda se lo piense mejor y se largue a la carrera, pero la oigo aterrizar junto a mí sin quejarse y empieza a abrir la marcha, con una entereza que, por unos instantes y allí en la oscuridad, me parece la propia de una heroína.

❋ ❋ ❋

Nos abrimos paso por el fango durante el tiempo suficiente como para que empiece a preocuparme por que esas alcantarillas sean alcantarillas de verdad, en lugar de un recurso argumental, y no nos lleven a ninguna parte. Pero luego oímos algo que reverbera en las paredes de piedra: gritos y súplicas, el tintineo desdichado de las cadenas al ser arrastradas por los suelos de piedra. Son los sonidos típicos de la mazmorra de un castillo.

Se oye un chirrido justo encima de nosotras, y un tenue haz de luz cruza la cara de Reinalda. Cabeceo hacia arriba.

—Esta es nuestra parada.

Nos arrastramos por un lugar que parece una versión algo más amplia de la alcantarilla que acabamos de dejar atrás, con la salvedad de que ahora hay antorchas grasientas encendidas por las paredes y celdas con barrotes de acero en lugar de puertas. La mayoría de ellas están vacías, pero otras contienen… restos… que me niego a mirar lo suficiente como para tratar de identificarlos. Pasamos junto a una celda que está ocupada por personas vivas, pero el corazón me da un vuelco cuando veo que no son niños.

Una de esas personas es una mujer alta con una nariz aguileña y protuberante, así como una agradable piel marrón. Los demás están despatarrados con indiferencia contra las paredes, pero la mujer está en pie, con el brazo extendido hacia los barrotes mientras mueve una astilla de hueso dentro de la cerradura. Tiene el pelo enmarañado, pero oportunamente lejos de su cara.

Nos dedica un vistazo de advertencia mientras nos acercamos a la celda, pero al parecer no le resultamos una amenaza ni su salvación. Vuelve a centrar la atención en la cerradura mientras los grilletes de las manos le repiquetean contra el metal.

—Eres la madre de Roja.

No lo enuncio como una pregunta, porque no lo es.

Cuando oye la palabra «Roja», fija la mirada en mí de repente.

—¿Dónde está? ¿Quién eres? ¿La han atrapado?

Susurro la palabra «tranquila» apretando los dientes, al mismo tiempo que un hombre ancho de hombros se pone en pie y coloca la mano en el hombro de la mujer. Ella se tranquiliza a su pesar, pero sus ojos parecen un par de dagas que presionase contra mi yugular.

Visto lo visto, me decanto por la brusquedad y la presteza:

—Los cazadores se la llevaron hace unas horas.

La mujer cierra los ojos. El grandullón gruñe, como si le hubiesen asestado un golpe.

—Tranquila. La salvaremos. —Miro por la mazmorra de arriba abajo, y pienso que ojalá llevara encima los pasadores—. Solo tenemos que… encontrar a un guardia y robarle las llaves…

Trato de reconfortarla, pero la madre de Roja ha dejado de escucharme. Se dirige con voz calmada al hombre grande que tiene detrás:

—Parece que se nos agota el tiempo, cariño mío.

El hombre coge aire con los dientes entrecerrados.

—Haremos ruido. Vendrán a por nosotros.

—Que vengan.

Algo en la voz de la mujer me recuerda a huesos que se rompen, a sangre en las paredes.

El hombre tira de una de las costuras del dobladillo de la camisa que lleva puesta y saca un pedazo de papel ceroso. Lo desdobla y, en el interior, hay un polvillo negro que luego coloca con cuidado dentro de la cerradura. Tengo la humilde sospecha de que no soy necesaria en este cuento, de que debo considerarme afortunada por tener al menos un par de líneas de diálogo.

La mujer alza las manos y, en el último instante, parece reparar en mi existencia y en la de Reinalda.

—Atrás —dice.

Nos apartamos.

Después golpea sus grilletes contra los barrotes, lo que levanta un rocío de chispas blancas e iracundas sobre la cerradura. Una vez. Dos veces. Todos los prisioneros se han puesto en pie y la miran sin dejar de murmurar entre ellos. Siento el peso de la esperanza que albergan como si fuese algo físico, algo que la incita a continuar. Me pregunto cuántos niños le habrán robado a esa gente.

Un zarcillo de humo empieza a brotar de la cerradura al tercer golpe. Poco después, me encuentro tumbada bocarriba en el suelo con un pitido intenso en los oídos. El aire huele caliente. Creo que se me ha soltado uno de los incisivos.

Me incorporo y veo cómo la madre de Roja avanza entre los restos retorcidos de la puerta de la celda, con las extremidades cubiertas de un humo negro. El grandullón la sigue de cerca. (¿Será el padre de Roja? No quiero dar por hecho las estructuras familiares heteronormativas en universos alternativos, pero la manera en la que sigue a la madre de Roja me da a entender que le pertenece.) Y también los demás aldeanos. La rodean en silencio, como si aguardasen órdenes. Doy por hecho que ese es el caso. La madre de Roja les indica a los aldeanos más jóvenes y más ancianos que vayan hacia la alcantarilla y reúne a los demás en una formación cerrada. Luego cabecea en mi dirección, como una comandante que aceptase a una nueva recluta, y empieza a avanzar por la mazmorra en dirección al castillo.

Siento que debería hacer preguntas como «¿Adónde vamos?» o «¿Qué va a pasar cuando aparezcan los guardias?», pero la madre de Roja no ha soltado ese hueso afilado y la expresión de su padre da a entender que un batallón entero y armado apenas sería un pequeño escollo en su camino.

No nos topamos con nadie. Subimos por unas escaleras y luego por más escaleras, y el aire se calienta a medida que ascendemos. El olor a carne podrida de las celdas da paso a algo aún peor: un hedor oleaginoso y a algo que hierve, como grasa burbujeante. Cuando salimos al exterior, ya me he hecho una ligera idea del lugar al que nos dirigimos. La madre de Roja abre la última puerta y vluniu miiuvuu ul uumpruliui que luiíu ruzún

Las cocinas están vacías. Los fogones están cubiertos. Las encimeras, sin rastro de comida. Los cuchillos cuelgan limpios y maliciosos de los ganchos de la pared. Y, en un rincón de la estancia, acurrucados en una jaula como pollos o cabras preparados para entrar en el matadero, se encuentran los niños.

Alzan la vista cuando entramos en la habitación, y los blancos de los ojos relucen en la oscuridad. La mayoría tienen esa expresión aturdida y de ojos vidriosos propia de las personas cuyos lagrimales y glándulas suprarrenales se secaron hace ya mucho tiempo. La última vez que vi una mirada así en la cara de un niño fue en la planta infantil del hospital y, por unos instantes, me dan ganas de dejarlo todo y salir corriendo, sin detenerme hasta que encuentre un mundo en el que merezca la pena quedarse.

Una de las niñas levanta la barbilla, con la espalda presionada contra la jaula, como si se preparase para dar un último golpe antes de que la corten en pedacitos para servirla en la mesa. Durante apenas medio segundo no puedo sino alabar la valentía de la que hace gala, y luego Roja ve a su madre.

La seriedad desaparece de su gesto como si fuese un tinte barato, y se le queda la cara que tendría en realidad: la de una niña asustada que quiere a su madre. Articula con los labios una palabra que desconozco, y luego su madre se arrodilla junto a la jaula y mete los brazos entre los barrotes de alambre. Su padre no deja de darle patadas a la cerradura una y otra vez, lo que me deja claro que, si los guardias no estaban de camino, ahora seguro que lo estarán.

—Silencio.

El susurro ahogado de Reinalda llega demasiado tarde. La cerradura queda destrozada. Los niños empiezan a salir a gatas, y algunos se ponen a llorar de repente en accesos repentinos. Roja desaparece entre sus padres, que unen las cabezas y entrelazan los brazos. La silueta que conforman, la de una familia cuyos miembros no se sueltan los unos de los otros pero están atrapados en esa terrible película de miedo en un mundo en el que los finales horribles los acorralan vayan adonde vayan, hace que el estómago me dé un vuelco y aparte la mirada.

Cuando termino de parpadear para contener la inesperada cascada de lágrimas, Roja se encuentra frente a nosotras. Mira a Reinalda y luego a mí, una y otra vez.

—Vinisteis a buscarme.

Me planteo explicarle que, en realidad, han sido sus padres los que se han encargado de todo, pero supongo que el esfuerzo nos dará puntos con ella.

—Sip.

Tiene el ceño algo fruncido a mitad de la frente.

—Pero si ni siquiera me conocéis.

—Nop.

—¿Por qué?

En esta ocasión, y por algún motivo que se me escapa, le dirige la pregunta a Reinalda.

—Porque… —Reinalda titubea mientras echa un vistazo por la cocina con la esperanza de encontrar una tarántula-serpiente zombi a la que enfrentarse, algo que sin duda prefiere a tener que terminar la frase. También me mira de pasada. Después termina en voz baja, con los labios torcidos en un fruncimiento que no parece tan desdeñoso como le gustaría—. Alguien tenía que hacerlo.

Roja la abraza en ese momento, lo que hace que el rostro de Reinalda se retuerza en todo tipo de contorsiones complicadas. Se le queda una expresión que me recuerda a las calculadoras de la escuela a las que han pedido demasiadas operaciones imposibles y cuyas pantallas se limitan a mostrar un mensaje que reza: ERROR. Vuelve a mirarme por encima de la cabeza de Roja, implorando ayuda. Me hago la loca.

Siempre me ha gustado esta parte. Los finales felices y las perdices de después me empalagan como el glaseado de los supermercados, pero justo en ese momento, ese en el que sientes el alivio de haber evitado un final horrible, en el que sabes que todo ha salido bien... Eso me encanta.

(Le dedico una peineta mental a Zellandine, porque no he huido y he sido de ayuda, a pesar de que los padres de Roja no parecían necesitarme.)

Al final, la madre de Roja se acerca a por ella y hace una pausa para dedicarnos un cabeceo de agradecimiento.

La habitación se vacía a medida que los aldeanos desaparecen al bajar por los escalones de piedra, liderados por Roja y su familia. Los veo marchar, henchidos aún de ese orgullo exaltado y embriagador.

La expresión de Reinalda, esos ojos oscuros, los labios algo separados y la cabeza un poco echada hacia atrás me confirman que ella siente lo mismo que yo. Murmuro:

—Es genial, ¿verdad?

—¿El qué?

—Ser de los buenos.

Resopla, pero me mira a los ojos. Le dedico una sonrisa de oreja a oreja y me pregunto, un tanto confundida, cómo sería besarla de verdad, a propósito en lugar de por necesidad. Pero, en ese momento, una voz que proviene de detrás de nosotras dice una de esas cosas tan típicas:

—Vaya. Vaya. Vaya.

85

Y sé que apenas dispongo de unos pocos segundos para actuar. Podría correr. Podría darme la vuelta y luchar. Podría pincharme el dedo con la punta del cuchillo y albergar la esperanza de escapar de aquel universo que parece una película de miedo de serie B. Pero, en lugar de eso, hago lo que siempre hago y siempre haré cuando estoy acorralada.

Justo antes de que unas manos se cierren alrededor de mis brazos y el teléfono se me caiga al suelo y quede destrozado en miles de piezas inservibles, antes de que este cuento de mierda vuelva a clavarme sus fauces, consigo escribir nueve caracteres y pulsar el botón de enviar: «atu 709 sos».

7

$\mathcal{U}$na confesión: Tenía clarísimo que iba a ser fea. Es algo que no me deja en muy buen lugar, pero debo decir en mi defensa que el folclore occidental siempre equipara, de manera equivocada, la apariencia física de una persona con su moralidad, por lo que era una apuesta segura pensar que la malvada reina caníbal tendría un aspecto similar al de Anjelica Huston después de quitarse la máscara en *La maldición de las brujas*.

Pero cuando sus matones me aferran con ambos brazos por la espalda y me giran hacia ella, resulta que de fea no tiene nada. De hecho, es una de las cosas menos feas que he visto en toda mi vida (sí, incluyendo a Prímula, que es tan guapa que la gente entorna los ojos y parpadea siempre que habla con ella, como quien trata de tener una conversación con el sol). La reina es joven y tiene ojos de corderito, con pestañas enormes y unas mejillas suaves y redondas. La piel es de un blanco fosforescente, como un ángel del Renacimiento; y sus labios, de un rojo brillante y artificial, como si se acabara de comer un cuenco de cerezas frescas o, quizá, los corazones recién arrancados de los niños que ha robado.

Un pensamiento muy inteligente brota en mi mente: «Vaya».

Y luego me viene otro más inteligente aún, mientras el estómago me da un vuelco: «Sé quién eres».

—¡Eres Blancanieves!

Lo pronuncio con tono acusatorio, o eso es lo que pretendo, pero las expresiones que me rodean me dejan claro que soy la única persona que no lo sabía.

Blancanieves me sonríe. Es una sonrisa muy bonita, dulce y primaveral, pero su voz suena fría como el hielo:

—Cuando te dirijas a mí, usa «su majestad».

Los ojos se me mueven automáticamente en dirección a Reinalda. Ella opone mucha más resistencia que yo, y no deja de forcejear con tres cazadores mientras ellos intentan retenerle las muñecas detrás de la espalda. Uno de ellos la golpea en las pantorrillas y la hace caer de rodillas. Otro le entierra la mano en el pelo y tira hacia atrás para levantarle la cabeza y dejar al descubierto la columna frágil que es su cuello. No se parece tanto a una reina como Blancanieves, ya que su rostro serio y del montón enseña los dientes a causa de la rabia. Pero, al mirarla ahora, siente un acceso repentino y extraño de lealtad.

—Lo siento —le digo a Blancanieves—, pero ya tengo una de esas.

La dulce sonrisa de Blancanieves no flaquea cuando ordena a sus hombres que nos despojen de todas las pertenencias y nos encierren, a la espera de recibir el castigo por nuestros crímenes contra ella y contra el reino.

Y nada, de vuelta a las mazmorras. Como era de esperar.

He visto todo tipo de mazmorras a lo largo de los últimos cinco años, pero estas podrían considerarse de las menos agradables. Acaso se deba a ese olor carnoso a restos humanos o tal vez al borboteo gelatinoso de las alcantarillas que tenemos debajo, o quizás a la práctica imposibilidad de que nos demos a la fuga. Tenemos ambos brazos encadenados por encima de nuestras cabezas, y los cazadores nos lo han quitado todo, incluyendo parte de nuestras ropas. Estoy descalza y sin sudadera, y tiemblo a rachas con la camiseta puesta. También le han quitado a Reinalda su traje color riñón. Lo único que lleva ahora es uno de esos vestidos sin forma ni color que seguro que llama camisola o puede que combinación, anudado en la parte delantera con un lazo de un verde pálido. Debería ser un poco erótico al menos, pero ello solo la hace parecer pequeña y vulnerable, como algo recién pelado.

—Vale... —Suelto una tos productiva—. Está claro que las cosas podrían haber salido mejor.

Reinalda tiene la cabeza apoyada en el occipucio y los ojos cerrados. No dice nada, por lo que añado, con timidez y a sabiendas de que es insuficiente:

—Lo siento.

Exhala como lo haría alguien que contase hasta diez muy despacio antes de responder.

—Lo sientes. —No ha abierto los ojos—. Me obligas a acompañarte en una misión disparatada y destinada al fracaso para rescatar a una joven a quien casi no conozco, y que encima no necesitaba que la rescatasen... Me prometen que me van a sacar de aquí, y yo lo arriesgo todo para conseguirlo, como tengo por costumbre... —Hace una pausa, puede que para volver a contar hasta diez—. Y ahora voy a morir, como si esto no hubiese servido para nada. Pero claro..., tú lo sientes.

—Mira, yo también voy a morir, ¿sabes? —Bueno, al menos es probable que lo haga, dependiendo de lo enfadada que esté Charm, si recuerda el índice Aarne-Thompson-Uther y si consigo recuperar ese maldito espejo—. Pero sí, lo siento. Para serte sincera, creo que no te estás responsabilizando de tus acciones, ¿no? Es posible que, si no hubieses decidido asesinar a una niña por haber cometido el crimen de estar más buena que tú, las cosas habrían salido mucho mejor. Podrías haber vivido hasta convertirte en una anciana en tu propio mundo.

Intento, sin suerte, que no se me note ni un atisbo de envidia en la voz. No soy capaz de imaginarme lo privilegiado que puede llegar a ser alguien con una vida tan larga, pero sí sé que yo no la echaría a perder con una villanía tan burda y poco feminista. Lo que haría yo...

Dejo de pensar en ello al momento, pero las imágenes me vienen a la mente de igual manera, descontroladas: las rosas de mi madre al florecer en primavera, la noche de juegos familiar, Charm obligándome a hacerme un tatuaje igual que el suyo en su decimotercer cumpleaños. Y luego me imagino el que algún día podría llegar a ser mi hogar: una planta, una mascota incluso, un trayecto al trabajo diario y una cuenta de ahorros, porque tendría un motivo por el que ahorrar. Una vida entera de la que disfrutar.

Empiezo a respirar por la nariz y a soltar el aire por la boca, conteniendo el llanto, mientras Reinalda comenta, con desdén:

—No sabes lo que ha ocurrido.

Mi respiración abandona toda calma y regularidad.

—¿Sabes ese libro rojo de cuentos de hadas que encontraste? Pues es mío, o lo era, supongo, ya que lo dejaste en tu mundo de mierda. Mi padre me lo regaló cuando era una niña y lo he leído al menos cincuenta veces. Después me saqué la carrera de Folclore y lo leí cincuenta veces más. Te prometo que sé de qué va esto.

—Seguro que sí —dijo Reinalda mientras miraba al techo. La voz le sonó burlona, casi engreída, como si nadie fuese capaz de comprenderla.

—Oye, si me sobra algo ahora mismo, eso es tiempo. —Intento extender los brazos en gesto sugerente, pero lo único que consigo es que repiqueteen las cadenas—. Si quieres soltarme un discursito largo y solidario sobre tus motivaciones, tienes toda mi puñetera atención.

Reinalda responde al momento, con rabia y agresividad.

—Yo podría darte un discursito, pero tú podrías al menos pensar un poco. Mi Blancanieves era una niñita guapa que cantaba a los pajaritos y confiaba en ancianas vendedoras de manzanas. Yo soy una bruja y una reina que ha dedicado su vida a acumular poder. Si quisiera matarla, ¿no crees que lo habría hecho?

Abro la boca y luego la cierro despacio. Los cuentos de hadas están plagados de casualidades ilógicas y de sinsentidos muy obvios, pero la mayoría aprendemos a no prestarles atención, igual que no le prestamos atención al escalón chirriante de una escalera.

—Vale. Te seguiré el juego —digo—. ¿Por qué no la mataste?

Reinalda gira la cabeza hacia mí, con la boca cercada por arrugas de amargura y las pecas que parecen puntos de sangre a esa luz tenue.

—Porque no quería hacerlo. Solo era una niña y yo no soy un monstruo. —Alza el mentón en gesto de desafío—. Pero tampoco podía permitirle que se quedase. Era la única heredera legítima del rey, y yo había fracasado a la hora de darle descendencia. Después de su muerte y antes de que Blancanieves alcanzase la mayoría de edad…, era el único momento en el que yo iba a tener poder. Poder de verdad, no susurros detrás del trono o politiqueos en las sombras, que es lo que había tenido mi madre antes que yo. Estaba sola en el trono. Sola con la corona. Era la reina.

Es el tipo de frase que diría una reina poderosa, loca y calculadora en una novela de fantasía, pero Reinalda parece cualquier cosa menos loca. Tiene aspecto melancólico y triste, como una mujer que recordase los días dorados de su juventud.

—Y sabía que todo aquello iba a desaparecer en el momento en el que mi hijastra se casara. O puede que antes, ya que algunos rumores afirmaban que yo era más bruja que mujer y que había asesinado al padre de Blancanieves.

—Pero… —Me paso la lengua por el labio inferior y trato de encontrar una manera discreta de preguntarlo. Llego a la conclusión de que no la hay—. ¿Fuiste tú?

Mueve los hombros de una manera que interpreto como un encogimiento de hombros, aunque me resulta complicado verlo bien desde mi posición.

—Sí.

—¿Por qué?

Reinalda me mira con frialdad.

—Ya te lo he dicho. Todo lo que hice fue para sobrevivir. —Agita las pestañas—. Mi marido se casó conmigo porque yo era joven y él necesitaba herederos. Al ver que fracasaba a la hora de hacerlo, quedó… —Hace una pausa seria y onerosa—. Quedó muy decepcionado.

«Oh, Dios.»

Empiezo a hartarme de repente de tanto mundo medieval falso y de sus políticas de género de mierda, de todos los cuentos bonitos que contamos sobre mundos horribles. Noto como una empatía me sube por la garganta para quedarse alojada allí, justo detrás de la lengua.

—Es la segunda vez que lo dices, lo de que «fracasaste». —Rebusco en mi bagaje de términos psicológicos, pero lo único que soy capaz de decir es—: No fracasaste.

Reinalda ha soportado mis insultos y mis palabras más duras con estoicidad, pero se estremece al oírme pronunciar la última frase con sinceridad y en voz baja.

—¿Qué sabrás tú?

La miro a los ojos.

—Pues, para empezar, yo no puedo. No puedo quedarme embarazada, quiero decir. —Se me queda mirando durante un buen rato, con los ojos abiertos como platos y sospechosamente vidriosos. Hago lo posible por encogerme de hombros a pesar de los grilletes, porque me parece el tipo de persona que tendría que asesinarme si la viese llorar—. Es lo que tienen los cuerpos, a cada uno le toca lo que le toca.

Ella traga saliva.

—Sí… Tienes razón. —Vuelve a tragar saliva. Sin duda trata de poner distancia con algunos pensamientos para recuperar la compostura—. Sea como fuere, los príncipes empezaron a llegar antes de que ella cumpliese los quince años. Se quedaban en mi castillo, y se comían mi comida mientras alababan a mi hijastra y planeaban arrebatarme el trono. Ella era tan joven…, pero ellos venían de todos modos. Una muchedumbre de hermanos segundones que querían un reino para sí.

Reinalda entrecierra los ojos y aprieta los dientes.

—Y por eso hice lo que tenía que hacer. Envié lejos a Blancanieves, al bosque y perseguida por el único hombre que estaba segura de que nunca le haría daño. Berthold regresó con el hígado de ese cerdo, convencido de que lo había hecho bien, y yo se lo agradecí por todo lo alto.

Recuerdo el rostro atractivo, afable y algo estúpido de Berthold, y doy por hecho que, si quisiera matar a alguien, él no sería mi primera opción para llevar a cabo el asesinato. Llego a la conclusión de que la reina tenía que haber sabido que tampoco me haría daño a mí si intentaba escapar.

Reinalda exhala un hondo suspiro y sigue hablando.

—Esperaba no volver a saber nada de Blancanieves nunca más, pero ella se mantuvo a una distancia prudencial y no tardaron en llegar rumores de una joven guapa oculta en los bosques. Los príncipes empezaron a recorrerlos en círculos como puñeteros buitres, y se me ocurrió que si moría, o daba la impresión de estar muerta, ellos desistirían. —Otro suspiro, incluso más largo en esta ocasión—. Supongo que subestimé sus ansias.

Aquel habría sido el momento perfecto para emitir una disculpa o para compadecerse o, mejor aún, para apartarle el pelo de la cara y presionar mis labios contra su frente con suavidad. Pero estamos a dos metros de distancia y cabe la posibilidad de que ella me odie.

—Mira, Reinalda, majestad, yo...

—Lo único que quería era poder. —Los labios se le tuercen en un gesto de amargura—. Sé que no suena bien, y lo que seguramente piensas de mí, pero me refiero a tener poder sobre mí misma. Poder para tomar decisiones y llegar al final que yo elija.

—Eso se llama libre albedrío. —Y decían que mi carrera de humanidades nunca iba a serme de utilidad...—. Se podría decir que es el poder que tenemos sobre nuestra narrativa.

—Sí, lo mismo que tienen los protagonistas.

—Hay ocasiones en las que los protagonistas tampoco tienen mucho de eso. ¿No has leído «La pequeña Rosa» en ese libro? Mi historia es una mierda.

—Sí que lo he leído. Y vale que «es una mierda». —Pronuncia la frase con una precisión aristocrática, y me hago una nota mental para enseñarle blasfemias más modernas, suponiendo que las dos sobrevivamos a nuestra inminente ejecución—. Pero al menos es tu historia. Tu nombre está en el título. El único nombre que tengo yo… —tartamudea, como si el hilillo de su voz se hubiese quedado trabado en un clavo— es el que tú me diste.

Dios, tengo la impresión de que ha sonado agradecida de verdad. Por ese apodo malintencionado que me inventé para molestarla. Me hace sentir tan mal y me pilla tan desprevenida que, cuando vuelvo a hablar, la voz me suena culpable, desesperada y temblorosa.

—Charm, mi mejor amiga… Bueno, la que era mi mejor amiga antes de que yo la cagase… Pues Charm dice que la clave es la resonancia narrativa.

La llama de la esperanza reluce en la mirada de Reinalda, para luego apagarse de inmediato.

—¿La clave para qué?

Respiro entrecortado.

—Para viajar entre mundos.

Reinalda no dice nada, pero sus ojos arden con las mismas ansias desesperadas que me lanzaron en el pasado al mundo de Prímula, las ansias que hicieron que siguiese rebotando de mundo en mundo como una piedra a través de la superficie fría del universo. Reparo en que he apartado la vista, incapaz de mantenerle la mirada a tanta esperanza al mismo tiempo, aunque sea de manera indirecta.

—Mira, podría decirse que el universo es como un libro, ¿vale? Y cada uno de los mundos es una página. Y si cuentas el mismo cuento muchas veces, puedes cruzar las páginas y caer en otra.

—Quieres decir que… ¿Tengo que escribir mi propio cuento?

Me da la impresión de que Reinalda sería capaz de abrirse las venas para empezar a escribir con su sangre si se lo pidiese.

—No, no en un sentido literal. —Aunque pensar en ello hace que se vuelva a iluminar una bombilla en mi mente, una pregunta que trato de no formularme desde hace tiempo. Y que ahora sigo sin formular—. Tienes que llevar a cabo algo muy recurrente que se produzca en la trama de tu cuento. Y luego podrás deslizarte entre mundos y viajar a otro lugar, o algo así.

A Charm se le da muchísimo mejor que a mí explicar estas cosas. La echo de menos, de repente y con mucha intensidad, de una manera en la que no me he permitido a mí misma hacerlo desde hace seis meses y trece días. O cinco años, para ser sincera.

Trago un coágulo de mocos.

—Pero lo normal es que solo funcione para viajar entre el mismo cuento. Yo solo había conseguido viajar entre diferentes versiones de la Bella Durmiente, hasta que tú y tu espejo mágico me hicisteis llegar aquí.

—Entonces… —Reinalda cierra los ojos—. Necesitamos el espejo.

—Eso creo, sí.

—¿Por qué? No es más que un espejo encantado que sirve para mostrar la verdad.

Mis cadenas se agitan con incomodidad.

—Creo que… Bueno, Zellandine cree que los universos han empezado a fusionarse o algo así. —Aplaudo mentalmente mis capacidades explicativas—. Por lo que es posible que tu espejo haya empezado a colarse un poco en otros cuentos y te haya mostrado otras verdades.

Noto cómo Reinalda me examina.

—Es culpa tuya, ¿verdad? A eso se refería esa hada. Los mundos se están fusionando porque tú no has permitido que tu cuento llegue a su final.

—Pues qué quieres que te diga. Perdón por no querer quedarme de brazos cruzados, ¿eh?

—Vale. Ya entiendo. —Habla con tono mordaz, con cierto deje triunfante pero aciago—. Y luego yo soy la villana, claro.

Siento cómo ese rencor de Reinalda termina por desvanecerse.

—Apareciste en el espejo. Tú entre todas las personas posibles de todos los universos. —Suena casi como una disculpa—. ¿Por qué?

—Bueno, ¿qué estabas haciendo cuando aparecí?

—Pues, como es lógico suponer, lo estaba mirando. —Después añade, con mucha menos brusquedad—. Lo miraba mientras deseaba encontrar una salida.

—Vale. —Recuerdo que me hallaba de pie en el baño del hotel, en aquel otro fueron felices y comieron perdices que no era el mío—. Qué casualidad. Yo estaba mirando otro espejo.

En ese momento, me mira a los ojos y algo se agita en silencio entre nosotras. Una comprensión muda, una empatía tan profunda que bien podría considerarse simetría. Me hace pensar que estaba equivocada, que la imagen que había visto en el espejo del baño del hotel era solo mi reflejo.

—Cuando me besaste… —empieza a decir Reinalda, y noto como si mi corazón se hubiese lanzado a un abismo—. No fue por deseo. Solo intentabas activar esa resonancia narrativa, ¿verdad?

Se me revuelve el estómago.

—Sí. Pero no funcionó.

—Así que… sin el espejo… Estamos atrapadas en este lugar.

La voz le suena atormentada.

—Eso parece.

El silencio se apodera de nosotras. Tendría que empezar a formular planes de huida, pero lo único en lo que soy capaz de pensar es en la imagen de Roja con sus padres, ese amor que se enredaba entre los tres como hilos entrecruzados. Seguro que sabían qué destino esperaba a su hija desde el día en que nació, pero eso no evitó que cuidasen de ella. Tampoco evitó que lo hiciesen los estúpidos y cabezotas de mis padres, ni la estúpida y cabezota de mi mejor amiga. La última vez que hablé con ella dijo que teníamos que hablar y, a juzgar por su tono de voz, también que la conversación no iba a ir sobre mi parte del alquiler, ni sobre la colada que había dejado en la lavadora hasta que había empezado a salirle moho. «Claro», había sido mi respuesta. Y luego me había marchado a mi habitación para pincharme el dedo y desaparecer sin dejar una nota siquiera.

Y si llegaba a morir en aquella versión enfermiza de Blancanieves, nunca llegaría a decirle lo mucho que lo sentía por ella.

Si Reinalda llegó a oírme llorar, tuvo la decencia de no decir nada.

—Lo siento mucho —digo, con enorme esfuerzo—. Siento que no hayas logrado salir de tu cuento, pero si te sirve de algo, ahora sé que ya no eres una villana. Si es que lo fuiste en algún momento.

Ella guarda silencio durante tanto tiempo que llego a la conclusión de que no va a responder. Y luego, cuando empiezo a sumirme en un estupor lleno de arrepentimiento, de cosas que podría haber hecho y de articulaciones doloridas, susurra:

—Gracias.

Vienen a por nosotras unas horas después.

Descubro que, si ladeo los hombros y extiendo un poco el brazo a un lado, puedo darle la mano a Reinalda mientras nos llevan por el castillo. Me aferra con los dedos, y nos arrastran juntas hacia el punto culminante de nuestros respectivos cuentos.

8

*S*iempre me he imaginado muriendo en una habitación de hospital, lo que tiene su gracia, pues significa que una parte desleal de mi subconsciente quiere que vuelva a casa antes de que me llegue la hora. Me imagino a mi padre y a mi madre a un lado de la cama, y a Prímula y a Charm en el otro, y una barbaridad de medicamentos de alto calibre intentando todo lo posible por hacerme perder la conciencia.

Lo que no me había imaginado nunca son mis pies descalzos sobre una roca negra. Ni tampoco un patio agobiante, ni una hoguera baja y grasienta. También estoy segurísima de que no me había imaginado a nadie caminando junto a mí, con los dedos aferrados a los míos como si fuese su última esperanza en todo el mundo, o como si ella fuese la mía. Tengo las manos dormidas y entumecidas después de haber pasado horas colgando por encima de mi cabeza, pero no la suelto.

Los cazadores nos quitan los grilletes de las muñecas y nos tiran frente al fuego de la hoguera. Nos arrastramos la una hacia la otra sin decir nada, y juntamos las espaldas para luego girarnos hacia los cazadores que nos rodean. La reina, o Blancanieves, o lo que sea en este mundo, se acerca a nosotras de entre sus súbditos, con una compenetración propia de una supervillana. Aún tiene el pelo de un negro sedoso y la piel de un tono alabastro inquietante, pero aquella mañana sus mejillas parecían un poco menos redondeadas y sus labios de un rojo algo menos brillante.

Me pareció un buen momento para decir algo ocurrente e intrépido, para demostrar mi petulante resiliencia en la mismísima cara de una muerte segura, pero no se me ocurrió nada. De haber tenido encima el teléfono, le habría mandado un mensaje a Charm en mayúsculas: «AHORA ES EL MOMENTO, CAPULLA».

Blancanieves se detiene a unos pocos metros de nosotras.

—Estoy muy enfadada con vosotras, ¿sabéis? Los niños no son fáciles de capturar. —Da la impresión de estar malhumorada, y tiene un aire inquietantemente infantil—. Los retenía aquí para cumplir un destino glorioso.

—¿Cuál? ¿La cena?

La petulancia de Blancanieves se vuelve aún más turbia.

—Estaban destinados a hacer que su reina mantuviese la juventud eterna que le corresponde. —Reinalda suelta un bufido de comprensión a mi lado, y los ojos de largas pestañas de Blancanieves se giran hacia ella—. Fue mi madre…, bueno, mi madrastra, la que descubrió cómo conseguirlo. —Lo cuenta como si fuese un secreto, aunque está rodeada por cazadores que llevan collares de piezas blancas que repiquetean al más mínimo movimiento—. No sé qué edad tenía cuando se casó con mi padre, pero solo parecía uno o dos años mayor que yo. Creo. —Una mirada cargada de dudas, como si hubiese pasado tanto tiempo que no lo recordase bien—. Podría haber seguido así para siempre de no haber intentado robar el corazón equivocado.

Blancanieves tamborilea con los dedos en la extensión blanca de su clavícula.

—Mira. —Me humedezco los labios agrietados—. Lo que acabas de decir es horripilante y traumático, y estoy segura de que necesitas ir a un psicólogo, pero… ¿Por qué te convertiste en el mismo monstruo que ella? ¿Por qué no te relajaste y disfrutaste de tu «y fueron felices y comieron perdices»?

He empezado a hablar sin pensar lo que iba a decir, tratando de darle a Charm unos segundos más para que lleve a cabo un milagro y me rescate, como siempre ha hecho hasta el momento. Me pregunto si, durante los últimos seis meses, ha empezado a dormir con el móvil silenciado.

Blancanieves ladea la cabeza y arruga la nariz.

—Si el cuento termina, puede que no dé tiempo para ser feliz ni para comer nada, ¿no?

En ese momento, me da la impresión de que digo algo en plan «No, no se trata de eso» o «No has entendido nada», pero no me oigo pronunciarlo a causa del ruido cada vez más intenso que resuena en mi cabeza, de la bilis que saboreo de repente en mi boca. ¿Eso es lo que he hecho durante los últimos cinco años? ¿Intentando dejar atrás el final de mi cuento? ¿Desaprovechando todas las oportunidades de ser feliz solo porque no dejaba de huir?

Trago una saliva ácida.

—Todos los cuentos tienen un final —susurro.

Ni siquiera sé si lo digo para convencerla a ella o para convencerme a mí. Reinalda se agita a mi lado y me empuja con fuerza con el hombro.

Blancanieves nos mira como si fuésemos unas niñas muy jóvenes, y quizá para ella lo seamos.

—Bueno, el tuyo sí que terminará. Pero me gustaría hacerte unas preguntas antes de que lo haga.

Se saca algo estrecho y plateado de la falda y lo gira hacia nosotras. Durante un momento de confusión creo que lo que nos muestra es una foto en la pantalla de un móvil: veo dos caras, dos pares de ojos desesperados, antes de comprender que lo que miro es un espejo.

La boca se me queda seca de repente, y la mente completamente en blanco. Reinalda parece como paralizada.

Blancanieves roza la superficie del espejo con una uña pálida.

—Este espejo vuestro me ha mostrado algunas cosas. Otras tierras. Otros mundos, quizá.

Veo el futuro con una claridad desesperanzadora e irrevocable: una caníbal inmortal que deambula de mundo en mundo, que arranca princesas de sus cuentos como si fuesen frutas maduras en los árboles. Ha convertido su cuento en una peli *gore*... ¿Qué sería capaz de hacer con el multiverso?

Luego pregunta, con dulzura:

—¿Cómo puedo llegar a esos lugares?

—¿P-por qué ibas a querer abandonar tu mundo? —Aparte de por ese ocaso perpetuo y por la fauna monstruosa—. Aquí te lo tienes bien montado. Tienes una guarida... encantadora y unos secuaces muy leales.

Blancanieves hace un mohín.

—Los aldeanos empiezan a cansarse. Son unos pesados que no dejan de instigar ni de resistir. Cada vez me cuesta más conseguir lo que necesito.

Se pellizca la piel del cuello, por donde ha empezado a ponérsele flácida. (Tengo la nada agradable impresión de que la doctora Bastille haría el agosto analizando esta versión de Blancanieves. *El miedo a la edad en la Edad del Miedo: representaciones de la anciana en el terror folclórico moderno*.)

Blancanieves me dedica una sonrisa amable y primaveral.

—No se parecen en nada a los corderitos que he visto en otros mundos. Deja que te repita la pregunta. ¿Cómo puedo llegar a esos lugares?

No respondo y, en cierto modo para mi sorpresa, Reinalda tampoco lo hace. Su silencio me provoca un orgullo extraño y temerario.

—Perdón, es que estoy experimentando un *déjà vu* del copón. Me ha dado la impresión de que una reina malvada me hizo justo la misma pregunta ayer, mientras me torturaba.

Mi respuesta provoca una discusión breve y entre susurros con Reinalda. («Decir que eso fue tortura es pasarse.» «Bueno, cuando el río suena...» «¿Qué pasa cuando el río suena?» «Dios, mira... Déjalo.») Al final de la cual, Reinalda carraspea y dice, en voz alta:

—Siento haberte hecho daño. Cometí un error.

Parece el tipo de disculpa que hace una cuando está segura de que es su última oportunidad. Muevo la mano para coger la suya, segura de que lo ha dicho en serio.

—Está fría —digo, en el momento menos adecuado.

Blancanieves nos mira con atención, primero a la cara y luego a nuestras manos entrelazadas. Chasquea la lengua con resignación.

—Veo que sois muy cabezotas. Pues lo haré a mi manera. Será por tiempo.

Hace un ademán brusco, y uno de los cazadores da un paso al frente mientras desenvaina la espada, lo que emite un ruido propio del rechinar de huesos, y luego se acerca a nosotras. Todo ocurre demasiado rápido. Creí que iba a ganar algo más de tiempo con mis tonterías, y también que Charm encontraría la manera de cruzar el universo para salvarme, aunque no tuviese el espejo, porque a nosotras las normas nunca se nos han aplicado de la misma manera...

Pero el cazador no nos ataca. Nos rodea para acercarse a la hoguera y extiende el brazo para acercar la punta de la espada a las brasas. Saca una maraña retorcida de acero. Parece lo típico que estaría expuesto en un museo, una masa de metal antiguo con una etiqueta confusa y escalofriante que rezaría: «Brida del regaño, siglo XVII» o «Pera de la angustia, siglo XVIII».

Reinalda solloza en ese momento, con intensidad y de repente, y yo me doy cuenta de que lo que acabo de ver son dos pares de zapatos de metal, con cinchas que brillan de un rojo apagado e infernal.

Aferro con fuerza la mano de Reinalda, pero la noto lánguida y sudorosa. Me giro para encararla, arrodillada, y le digo con tono desesperado:

—Tranquila. Lo siento. Todo irá bien.

Pero Reinalda no me mira, ni a mí ni a los zapatos. Tiene la vista fija en Blancanieves, que ya se ha olvidado de nosotras y ahora mira la superficie del espejo con una paciencia escalofriante propia de un depredador.

La expresión de Reinalda al mirar a la reina no es de pánico ni de odio, ni de desesperanza siquiera. Su rostro hace gala de una frialdad inquietante, una condición propia del mármol tallado que hace que empiece a notar un dolor en el pecho sin venir a cuento.

—Oye, mira, Charm sabe que estamos aquí. Seguro que aún viene para salvarnos, ¿vale?

Los ojos de Reinalda se giran hacia mí muy despacio, entornados como si las dos estuviésemos en orillas contrarias de un río muy ancho.

—Espero que lo haga —dice con voz suave. Después me da un beso con la misma suavidad.

Es seco y dulce. Parece más bien una disculpa, o una despedida.

—Gracias.

Lo ha susurrado contra mis labios.

Una parte muy pequeña de mi cerebro, que no está ocupada por la inminencia de mi dolorosa muerte ni por el sabor agridulce de sus labios, consigue pronunciar:

—¿Por qué?

—Por demostrarme que no tengo por qué ser la villana, la madrastra malvada, la Bruja Mala del Este, tía. Por darme… —vuelve a mirar a Blancanieves y frunce los labios, con lo que deja al descubierto una hilera de dientes blancos— libre albedrío.

En ese momento, Reinalda empieza a desamarrarse la parte delantera del vestido. Mi cerebro se divide en dos facciones enfrentadas: una no deja de vitorear y se parece mucho a Charm en una de sus noches de chicas en el bar gay y la otra se para a pensar en lo triste de la situación. Reinalda ha tenido que soportar muchas cosas, y ahora ha perdido la cabeza.

—Reinalda, guapa, pero ¿qué haces?

No responde. Se limita a sacar la tira de tela del vestido. Pero no es solo una tira de tela, sino el lazo de un corpiño.

Mis extremidades quedan de repente flácidas y pesadas. Me percato de lo más mínimo: de la más ínfima tensión en el cuerpo de Reinalda, de los músculos tensos del cuello, del hoyuelo en las mejillas al apretar los dientes, preparándose para hacer algo terrible, valiente y estúpido. Extiendo la mano hacia ella. Demasiado tarde. Reinalda ya se ha abalanzado por el patio y hiende el aire como un halcón de plumas blancas y mugrientas. Choca contra Blancanieves y luego se oye el repiqueteo de algo roto, como si a alguien se le hubiese caído al suelo una copa de vino. Algo afilado me roza la mejilla.

El patio se queda en un silencio sepulcral con todas las cabezas gachas, giradas justo hacia el lugar donde yace el espejo mágico hecho pedazos. Veo nuestros rostros reflejados en las esquirlas, resquebrajados, partidos y repetidos, paralizados a causa de la conmoción.

Hay una esquirla muy grande justo a mi lado, lo bastante cerca como para tocarla. La cara que se refleja en ese pedazo no pertenece a los cazadores, ni a ninguna de las reinas, ni siquiera es la mía. Es un rostro enmarcado por una melena larga de pelo rubio decolorado, con un *piercing* en el septum y una expresión que raya las ganas de matar a alguien, o al menos de darle una buena paliza. Los labios de la cara han empezado a moverse, repitiendo el mismo nombre una y otra vez, entremezclado con palabras malsonantes: «Zinnia, Zinnia, me cago en la mierda, Zinnia».

—Charm, joder… —Extiendo el brazo para alcanzar la esquirla y mis dedos caen a través del espejo, hacia esa frialdad de la gran nada que hay entre mundos. Siento que me deslizo hacia ella, que caigo hacia delante, pero me aferro a la tierra con la punta de los dedos—. ¡Reinalda, es Charm! ¡Vamos!

Reinalda está acurrucada frente a la reina con sangre en una de las fosas nasales. Mira hacia atrás y la comprensión se refleja en sus facciones. Pero no corre hacia mí. Podría haberlo hecho, que quede claro. Podría haberme cogido la mano para salir corriendo, para abandonar ese mundo oprimido y que esa reina malvada lo hubiese gobernado durante un par de siglos más. Podría haber elegido sobrevivir, como había hecho hasta ahora.

Pero, en lugar de eso, se enrolla bien entre las manos el lazo del corpiño. Brilla con un verde enfermizo a la luz de la hoguera.

Reinalda asiente una vez en mi dirección, con una sonrisa triste y mística, como si dijese: «Bueno, alguien tenía que hacerlo», antes de ponerse en pie de repente y rodear el cuello de Blancanieves con el lazo.

Una mano cálida me aferra por la muñeca y tira con fuerza. Lo último que veo antes de desaparecer es a Reinalda, la reina que ya no es tan malvada, mi heroína villana, caer al suelo bajo el peso de todos sus enemigos.

9

Aterrizo con brusquedad y bocarriba; me siento como si fuese un pedazo de plastilina que acabasen de pasar por un rallador de queso. El cielo ha dejado de ser púrpura y de infundir esa sensación de proximidad, y ahora es de un azul provinciano reluciente entrecruzado por estelas de aviones. Unas pocas hojas de roble se agitan tranquilamente las unas contra las otras. Noto cómo la humedad de la tierra empieza a empapar el dorso de mi camiseta.

Me encuentro en el patio trasero de Charm y Prímula en Madison, un lugar que no tenía del todo claro que fuese a volver a ver y del que ahora quiero marcharme, por desesperado e irónico que resulte.

—Anda, pero si es la señorita SOS.

Me incorporo, una proeza considerable e incluso noble que Charm no parece apreciar lo más mínimo. Está arrodillada junto a mí, no deja de moquear por la nariz y tiene las mejillas llenas de ceniza. Prímula está al otro lado, con esos ojos enormes entornados a causa de la preocupación. Me sacude tierra del hombro y me quita algo de la maraña grasienta en la que se ha convertido mi pelo.

Detrás de ellas se encuentra la pequeña barbacoa de metal que habían comprado para el minúsculo jardín. Hay un par de sandalias dentro de la barbacoa, que aún chisporrotean un poco y lanzan por los aires un humo azul propio de los productos químicos.

Le dedico a Charm una sonrisa breve y atontada.

—Sabía que encontrarías la manera.

Un gesto de alivio recorre sus facciones y desaparece al momento. Después mira de reojo la barbacoa.

—Me gustaban esas sandalias.

—Ah. —Son de plástico fucsia. Y veo la etiqueta de la tienda en la parte inferior de la izquierda—. ¿Quieres que te compre otras?

Charm se encoge de hombros.

—Tranquila.

Pero me queda claro que ella no lo está.

—Bueno, da igual. Tengo que volver al lugar en el que me encontraba. Ahora mismo. De modo que, si tienes otro par que puedas quemar, eso estaría genial. ¿Y un espejo no tendrás?

Charm no se mueve.

—¿No te olvidas de algo?

Lo dice con tono cordial, pero mantiene los ojos entornados y la mirada fría.

—¿Gracias?

—¿Y qué tal un «Lo siento, Charm»?

—Vale. Lo siento. —Lo digo con tono malcriado y nada sincero—. Pero de verdad que tengo que...

—¿Quieres cerrar la puta boca y escucharme un segundo? —La educación de Charm desaparece por completo. Nunca se le ha dado bien ser una falsa. Primu hace un mohín cuando Charm se inclina hacia delante—. Venga. Voy a contarte lo que ha pasado hasta ahora, ¿te parece? Primero, te digo que tengo algo importante de lo que hablar y tú me dices: «¡Claro, guapa!», pero luego haces eso del multiverso arácnido para pirarte a otra dimensión y me dejas con la palabra en la boca. —Tengo la sospecha cada vez más fundada de que ha practicado el discurso, en reiteradas ocasiones, con y sin diapositivas. Primu ha empezado a retirarse en dirección a la puerta trasera y me ha dejado a mi suerte—. Después te pasas seis meses sin dirigirme la palabra, algo muy maduro y normal. Y luego, en tercer lugar, me envías un puñetero número del índice Aarne-Thompson-Uther, aunque me habías dejado bien claro que el sistema era, abro comillas, «una mierda eurocentrista» que «había que retirar de la programación didáctica en Antropología». Y luego vas y no respondes a ninguno de los mensajes en los que te pido que me expliques qué está pasando. Y, por culpa de eso, me he pasado las últimas siete horas intentando como una loca representar la puñetera trama de Blancanieves, cada vez más segura de que habías mordido una manzana envenenada o se había aprovechado de ti un príncipe o…

Me da la impresión de que el discurso es mucho más largo, a juzgar por el volumen y la vehemencia cada vez mayor que va adquiriendo, pero solo soy capaz de pensar en la sonrisa breve y triste de Reinalda justo antes de rodear el cuello de Blancanieves con el lazo del corpiño. Como si supiese que dicha decisión iba a condenarla y no le importase, porque al menos estaba decidiendo algo, aunque fuese su final.

Interrumpo a Charm rodeándola con los brazos. Ella se envara, y luego me devuelve el abrazo con tanta fuerza que parece una venganza.

—Eres una mierdecilla, ¿lo sabías?

Me aparto.

—Sí. Y de verdad que lo siento muchísimo. Te lo prometo. Pero tengo que encontrar la manera de volver ahora mismo a Blancanieves. Tengo que salvar a…

Charm alza ambas manos.

—¿A una desconocida? ¿Y qué hay de nosotras, Zin? ¿Qué hay de mí, pedazo de comemierda?

—¡Lo sé! Lo siento, pero hay gente que me necesita, ¿vale?

Charm se muerde los carrillos antes de decir, con una voz que seguro que podría medirse con la escala Kelvin:

—¡Eso es lo que estoy intentando decirte, pedazo de lerda!

Se hace un silencio breve y muy incómodo justo después de esa frase, en el transcurso del cual Charm se me queda mirando con ojos rojos y llorosos, y yo me lanzo a mí misma todos los insultos que se me ocurren. Me sorprende que tanto los héroes como las jóvenes moribundas sean igual de terribles a la hora de asentarse, de vivir como personas normales: devolverles las llamadas a sus amigas, recordar sus cumpleaños, ir al médico para las revisiones periódicas, cuidar a sus seres queridos.

Charm se vuelve a sentar, con las piernas cruzadas mientras tira de la hierba con gesto indignado.

—Estás tan ocupada perdiendo el tiempo en otros mundos que ni siquiera te importan las movidas chungas que están pasando en el tuyo.

—¿A qué movidas chungas te refieres? —pregunto, en voz baja. Pero creo que sé a qué se refiere.

—A movidas de cuentos de hadas. Compré una de esas tartas de manzana congeladas… No digas ni mu. Están buenas. Pues compré una y, cuando la cortamos, descubrimos que dentro estaba llena de mirlos. Los zapatos de Prímula se volvieron de cristal una noche mientras bailaba. Las rosas de tu madre se volvieron locas en diciembre, y empezaron a florecer a pesar de que el suelo estaba cubierto de nieve.

Despego la lengua del paladar y digo, con cautela:

—Bueno, pero ¿eso qué tiene de malo?

—A ver, tampoco es que sea algo bueno. —Charm ha empezado a arrancar el césped a puñados y tiene las uñas manchadas de un verde fosforescente—. Los pájaros estaban muertos y putrefactos. Los zapatos de Prímula se rompieron bajo su peso… Tuvieron que darle nueve puntos y perdió varias semanas de clases. Y las rosas de tu madre se marchitaron hasta la raíz. Tuvo que arrancarlas.

—Ah.

Los ojos azules de Charm se me quedan mirando con frialdad.

—¿Es culpa tuya?

—Puede.

—¿Va a ir a peor?

—Pues… puede. Sí. —Aparto la mirada—. Si no consigo detenerlo antes.

—Vale... —Charm se aprieta los ojos con el dorso de la mano—. Dios, pues ponte a ello, ¿no?

—Debería, sí. ¡Lo haré! Pero... —Pero, en algún momento, Reinalda se convirtió en una de las mujeres a quienes se suponía que tenía que proteger, y me necesita. Y las leyes físicas del multiverso pueden irse a tomar viento—. Pero primero necesito que me prestes el teléfono.

Charm se pone en pie. Baja la mirada hacia mí con una expresión que, en cierto sentido, es peor que la rabia. O que la decepción, incluso. Es una especie de desazón amarga hacia sí misma por sentirse de nuevo decepcionada por mí. Suelta con fuerza el teléfono sobre la mesa plegable de plástico y se marcha.

Tardo un minuto en desbloquearlo (la clave es 7374, porque Charm aún conserva el sentido del humor de una colegiala) y otro minuto en encontrar el teléfono de contacto de la facultad en la página web de la Universidad de Ohio.

La pantalla del teléfono se desliza por mi cara a causa del sudor pegajoso que la cubre.

—Hola, soy Zinnia Gray. ¿Puedo hablar con la doctora Bastille?

❊ ❊ ❊

—Vale, hablando hipotéticamente, ¿cómo podría la protagonista volver a ese cuento de Blancanieves sin el espejo mágico?

La doctora Bastille suspira al otro lado de la línea. Parece un suspiro muy largo, como si en realidad sostuviera el móvil frente a un ventilador.

—Vale, hipotéticamente, si fueses mi estudiante, entrases a mi despacho y me contases... todo lo que me acabas de contar —me había pasado casi diez minutos haciéndole un resumen de mi vida, disfrazándolo creo que sin mucho éxito como la trama de una novela corta muy meta en la que estaba trabajando—, me vería moral y legalmente obligada a enviarte a los servicios de asesoramiento psicológico de la universidad.

—Pues menos mal que ya no soy tu estudiante.

—Zinnia, eso es lo de menos. Eres consciente de que es lo de menos, ¿verdad? Si una persona elegida de manera aleatoria se presentase en mi despacho para hablar sobre un multiverso de cuentos de hadas, lo más probable es que dejara a un lado mis convicciones personales sobre el uso de la violencia por parte de las autoridades a la hora de mantener las jerarquías de razas y clases sociales —es una manera muy rebuscada de decir «sobre la policía de mierda»— y llamar a seguridad.

—Claro, eso lo entiendo, pero ¿y si fuese muy convincente y estuviese muy desesperada, y tú te vieses obligada de alguna manera a aconsejarme pese a lo que dictara el sentido común?

Trato de encajarla en un arquetipo narrativo específico, el de asesora o poseedora de un conocimiento arcano, capacitada para darle sabios consejos a la protagonista cuando esta más lo necesita y sacarle las castañas del fuego, pero empiezo a ser consciente de que la doctora Bastille se resiste. Nunca le ha gustado mucho interpretar arquetipos.

La oigo apartarse el teléfono de la cara para decir: «Tardo solo un minuto, cielo» a otra persona. Una voz de mujer dice algo de fondo sobre una reserva para cenar en un restaurante, con un tono que sugiere que no es la primera vez que ha ocurrido algo así.

La doctora Bastille vuelve a suspirar por el micrófono.

—Vale. Dados los parámetros de la historia que acabas de contarme, creo que te has arrinconado a ti misma escribiendo.

—¿Qué quieres decir con eso?

—Quiere decir que estás jodida.

—Yo... Vale.

Noto la hierba muy fría contra mis pies descalzos y el cielo a mucha altura.

—Has dicho que la única manera de cruzar a otro tipo de cuento requería un objeto encantado particular. Un *macguffin* muy útil que ahora, según tú, se ha roto. Y por eso tu protagonista se ha quedado sin espejo mágico y también sin villana barra interés amoroso, una moda en la ficción popular que no me pega nada contigo, por cierto. —La doctora Bastille decide hacer como que no me ha oído cuando digo, en un suspiro: «Ojalá…»—. Y tampoco creo que las leyes de la física de este universo permitan la creación de objetos encantados. ¿No es así?

He empezado a dar vueltas alrededor de la barbacoa, dejando que el humo del plástico quemado se me meta en los ojos.

—Supongo que no.

—Lo que podría ser algo positivo, en realidad, ya que las hipotéticas andanzas de tu protagonista podrían ser una de las causas del enorme daño que ha sufrido el continuo espacio-tiempo, ¿no es así?

—Pero ¿por qué? —La última de las palabras suena demasiado aguda y se quiebra de manera muy peligrosa—. ¿Por qué es tan importante que yo…, mi protagonista, quiero decir, se quede de brazos cruzados a la espera de que la arrolle su final? ¿Por qué no puede escapar?

Oigo un chasquido familiar por el teléfono, como si la doctora Bastille se reclinase en la silla de su despacho y luego se pellizcara el tabique nasal. Lo hacía a menudo en nuestras tutorías.

—En esta novela corta, has planteado que las narrativas son mundos, literalmente, por lo que los cuentos son el principio organizador del multiverso, lo que me plantea serias dudas en lo referente a la creación de mundos, la verdad, dudas como el origen de esos universos relacionados con los cuentos, ya que la existencia de un cuento siempre implica la existencia de alguien que lo cuenta. —Hace una pausa para hablar con la persona con la que había quedado: «No, ve tirando. Nos vemos allí»—. Sea como fuere, has creado un universo basado en una trama y un personaje principal que se dedica a destrozar tramas como si fuese una bola de demolición humana. Al no completar su arco narrativo, también pone en peligro la integridad del universo.

—Ah. —El humo se me mete en los ojos y me quema el interior de la nariz—. Pues ya está, entonces. Se acabó.

—Me parece un clímax un tanto decepcionante.

—Ya, bueno. —Me empieza a moquear la nariz—. Gracias por tu tiempo.

—Claro. —Se vuelve a oír el chirrido de la silla y el roce de sus manos con la tela al ponerse el abrigo. La voz de la doctora Bastille se suaviza un poco al decir—: Me encantaría leerla cuando la termines.

—¿Leer el qué?

—La… Mira, da igual. Buena suerte, Zinnia.

Y cuelga.

Vuelvo a colocar el teléfono de Charm sobre la mesa plegable y me dejo caer despacio sobre las rodillas. Tengo los ojos tan llenos de lágrimas que lo único que veo es un verde fractal, pero rebusco entre la hierba que rodea mis manos y empiezo a gatear en círculos. Lo único que encuentro son chapas de botellines de cerveza, colillas de porros y la parte superior y afilada de varias bellotas. En el jardín trasero de Charm no hay esquirlas de espejos mágicos. Y eso significa que la doctora Bastille tenía razón. Estoy jodida. Tanto Reinalda como yo estamos jodidas.

❈ ❈ ❈

Recorro el patio durante un rato, pergeñando y descartando un plan imposible tras otro. Al final llego a la conclusión de que he hecho lo que mi psicóloga llamaría «negociar», y que esa negociación no es más que un reflejo de mi tristeza.

Charm y Primu están en la cocina y hablan en voz baja y tensa. Dejan de hacerlo cuando la puerta mosquitera se cierra detrás de mí. Charm me dedica una mirada inquisitiva, que le devuelvo hasta que se pone de nuevo a fregar la vajilla. Primu nos mira desesperada a ambas durante un momento, pero tengo claro por qué bando va a tomar partido. Coge un trapo y se pone a secar un cuenco junto a Charm.

Me dirijo hacia el pasillo que lleva al dormitorio que se supone que es el mío, pero que en realidad hace las veces de vestidor. Paso junto a esterillas de yoga y papel de regalo, junto a bolsas de basura llenas con la ropa de invierno, un cesto de la colada con trajes de seda, cálices de peltre y toda la basura que no había vendido en la fiesta medieval antes de desaparecer. El colchón está enterrado bajo todas las cosas, por lo que me siento en la caja de un mueble sin montar con ¡TRES EN UNO! escrito por un lado con caligrafía infantil e irregular.

Me quedo mirando la pared y paladeo las palabras: «Se acabó». No es un final tan malo, supongo. Se podría decir que es como una especie de compromiso cósmico con el universo. No he conseguido curar mi enfermedad con magia, ni escapar de mi trama, pero al menos no he muerto con veintiún años. Y Reinalda no ha llegado a vivir como heroína, pero tampoco ha muerto como una villana.

No se puede decir que sea uno de esos finales de vivir felices y comer perdices, pero eso no es más que un concepto terrible. A decir verdad, ni siquiera sé por qué me he puesto a llorar.

Más tarde, cuando ha cesado el repiqueteo de la vajilla y las lágrimas me han dejado las mejillas rígidas y resecas, la puerta se abre unos centímetros. Doy por hecho que es Charm, que vuelve para el segundo asalto, pero es Primu. Atraviesa con facilidad el desorden y hace espacio en el colchón. Ninguna de nosotras dice nada durante un rato. Se queda allí sentada en una postura perfecta, con un pelo perfecto, y veo las arrugas casi imperceptibles que se le forman en las comisuras de los labios, y también las pequeñas bolsas hinchadas que tiene debajo de los ojos.

No es que parezca vieja, pero sí normal. Como cualquier otra chica que se levanta todas las mañanas para hacerse el café un poco más fuerte de lo que le gusta, porque así es como le gusta a su mujer; como cualquier otra de las que van al mercado todos los sábados, cualquier otra de esas que se mirará al espejo dentro de diez años y empezará a ponerse crema para las arrugas a pesar de que su mujer siempre le ha dicho que le gustan las patas de gallo. Tal vez lo de ser felices y comer perdices no sea una idea tan terrible, y ya que yo no puedo tener mi versión de ella, no querría arruinar la de mis amigas.

Cojo aire.

—Sé que he sido una amiga de mierda. Y una imbécil, y todas esas otras cosas que me ha llamado Charm.

—Bueno, en realidad… —Primu carraspea, un gesto breve y avergonzado—. Fui yo la que te envió ese mensaje.

No digo nada y me deleito por considerarme moralmente superior en ese instante. Primu se agita en el sitio durante un rato antes de añadir:

—Yo era la que estaba enfadada porque le habías hecho daño a Charm, otra vez, y ella iba a darte más oportunidades de hacerlo. No quería que sucediera de nuevo.

Vale, quizá no debería considerarme moralmente superior.

—Lo sé. Es que… Supongo que no estaba lista para hablar de citas y tratamientos médicos y todas esas cosas. No quiero que se preocupen por mí, ¿sabes? Quiero tomar mis decisiones, elegir mis consecuencias, vivir mi…

—Zinnia —me interrumpe Primu, con voz suave pero grave. Está muy seria—. Queremos adoptar.

—Ah. Eso es bueno, ¿no? ¿Os dejan tener mascotas aquí?

Ella parpadea, y una pena terrible se le extiende por el gesto.

—No. No nos dejan.

Desliza la mirada hacia las cajas de muebles sobre las que estoy sentada. Yo bajo la vista y reparo, por primera vez, en la fotografía de un bebé muy contento que destaca en ella. La pegatina explica que el contenido de la caja puede usarse como moisés, cuna y cama para bebés a medida que el «pequeño» crece.

Me siento jovencísima de repente, y también estupidísima.

—Ah —digo en voz baja.

—La empresa le ofreció a Charm un puesto de trabajo indefinido el año pasado, y lo aceptó. Nos pareció el momento adecuado y resulta que, cuando me enteré de que se podía tener niños sin tener que rendirse a la heteronormatividad y a las ideas patriarcales del matrimonio, me dieron muchas ganas de tener un hijo.

Recuerdo que Charm me contó el año pasado que Primu había empezado a asistir como oyente en la Universidad de Washington, y al parecer le había gustado.

—Vaya, estoy muy… —¿Contenta? ¿Asustada? ¿De pronto soy tan consciente del paso del tiempo y me aterra el cambio que va a sufrir lo que, hasta ahora, era un trío de amigas? Luego susurro—: No lo sabía.

—Pues claro que no lo sabías. —Primu no suena nada amable—. Te marchaste justo cuando Charm iba a contártelo. Quería pedirte permiso para usar tu dormitorio cuando hubiéramos terminado con el papeleo.

—Ah —repito, ahora en voz más baja. Me humedezco los labios—. Y... ¿cómo va el papeleo? He oído que puede tardar.

Prímula pierde un poco la compostura. Aparta la mirada y traga saliva dos veces.

—No hemos empezado con él. Charm no lo ha firmado.

Un escalofrío se adueña de mi estómago, un presagio que nace de la culpa.

—¿Por qué no?

Primu tiene una postura imperfecta, con los hombros inclinados.

—Dice que no está preparada para dejar la cerveza, pero yo creo que tiene miedo.

—¿De qué?

Primu no suele perder la compostura; puedes sacar a la princesa de la corte, pero no se puede sacar a la corte de la princesa. Pero en ese momento espeta:

—De hacerlo sin su mejor amiga, a lo mejor.

Y ese es el momento en el que llega la culpabilidad, fría y pesada, como si tragase una piedra.

—Mira, de verdad que lo...

Me interrumpe:

—O puede que solo esté asustada por hacerlo mal, igual que sus padres. La adopción... no fue algo fácil para ella.

La manera en que lo ha dicho no le hace la menor justicia a la realidad. Una vez oí a la madre de Charm quejársele del comportamiento (normal y típico de una adolescente) a mi madre.

«Cabría pensar que iba a ser más agradecida, ¿verdad?»

Mi madre la había mirado como si fuera una especie nueva de hongo que acabase de brotar entre sus rosales. Nunca se lo había dicho a Charm, pero estoy segura de que ella se hacía una idea.

—Sí, entiendo.

Primu pellizca una hebra invisible en el colchón.

—Lo cierto es que yo también tengo miedo. Mi infancia tampoco fue particularmente fácil, pero… —Se encoge de hombros, como si lo que estaba a punto de decir careciese de importancia—. Ojalá yo pudiese hablar con mi madre.

Me acerco al colchón y me coloco junto a ella, tanto que nuestros hombros se rozan.

—Oye, al menos en este mundo no hay hadas malvadas.

Es un chiste un poco forzado.

Primu ríe, haciendo el mismo esfuerzo.

—Bueno, aún no. Pero he visto esos zapatos de cristal y las aves muertas. Este mundo no es tan seguro como creía.

El complejo de culpa que anida en mi interior se dobla, o se cuadriplica incluso. Me resulta sorprendente que aún quede espacio en mi interior para los órganos. Trato de decir algo reconfortante, pero lo único que se me ocurre es un:

—Ningún mundo es seguro. He estado en unos cuantos.

De manera inexplicable, mi comentario parece tranquilizarla. Primu se endereza otra vez y cabecea en ninguna dirección en particular.

—No. Me refiero a que lo único importante es la persona que tienes junto a ti. Charm y yo nos tenemos la una a la otra, y sé que con eso bastará. —Hace una pausa, quizá porque se ha quedado sin afirmaciones grandilocuentes—. Pero las hadas madrinas son una tradición en el lugar del que yo vengo. Tal vez doce sean demasiadas, pero si tuviera una hija me gustaría tener una, al menos.

Me mira a los ojos justo cuando pronuncia la palabra «una», con una expresión al mismo tiempo juguetona y un tanto ansiosa. Es como si me acabase de pedir que cargara con algo grande y frágil, muy valioso, y no estuviera segura de que yo fuese a dar la talla. Como si quisiera confiar en mí, pero no tuviera claro que fuese lo mejor.

Tengo la absurda necesidad de arrodillarme. Mis ojos comienzan a estar anegados en lágrimas.

—Eso sería… sería… —Trago saliva—. Mira, sé que de un tiempo a esta parte no he sido la persona más fiable del mundo, y no puedo prometerte que mi EGR permanezca en remisión para siempre, pero sería todo un honor.

Primu asiente sin romper el contacto visual. Su mirada es como una espada que me tocase ambos hombros, de una manera un tanto brusca.

—Bien. —Respira hondo y luego se saca algo del bolsillo—. Pues ya retomaremos el asunto cuando vuelvas.

Sé que no estoy en mi mejor momento, sobre todo después de haber viajado por una infinidad de universos diferentes, de que me hayan torturado un poco, metido en prisión y me hayan besado, y después de haber estado a punto de ser ejecutada, y me hayan rescatado y casi toda la gente a la que he conocido hasta el momento me haya castigado…, pero lo que acaba de decir da todo un vuelco a la conversación—. ¿Volver de dónde?

Primu me da lo que se acaba de sacar del bolsillo. Es largo y plateado, y su superficie refleja el azul de sus ojos y el resplandor del plafón barato que tenemos encima.

Es la esquirla de un espejo.

—Te la quité del pelo cuando llegaste.

En ese momento me dan ganas de besarla o de preguntarle por qué ha tardado tanto en dámela. Me dan ganas de llorar, porque la esperanza es casi tan aterradora como la desesperación.

Respiro hondo, casi sin titubear.

—Dile a Charm que volveré, ¿vale? Lo juro.

No espero a que Primu me responda, ni a que me ruegue que me ande con cuidado. Me limito a sostener la esquirla frente a mí, para que refleje una parte aserrada de mi rostro, y susurro:

—Espejito, espejito.

10

*E*n un sentido literal y objetivo, es imposible que Reinalda sea la más hermosa del reino, ya que tiene la cara demasiado cuadrada y la boca demasiado grande, y es posible que también sea un poquito mayor, pero ese es el rostro que me muestra el espejo cuando le pregunto, y el espejo nunca miente. Puede que sea cierto que la belleza está en los ojos de quien la mira, y que si quien la mira quiere abandonar a sus amigas y destrozar el tejido del universo para rescatar a alguien, el espejo dé por hecho que los estándares de belleza objetiva no tienen mucho sentido para ellas.

Y creo que nosotras estamos en ese punto, porque empieza a costarme mucho respirar cuando veo la cara de Reinalda. Caigo hacia ella a través de la nada, sintiéndome como una mancha de pasta de dientes a la que exprimieran en un tubo cósmico. Me preparo para aterrizar en un caos terrible: un castillo en llamas lleno de cazadores asesinos o una ejecución pública, pero termino en pie en una habitación blanca llena de ventanas y sin rastro alguno de sangre.

No parece el tipo de estancia que pueda existir en el castillo de la Blancanieves malvada, o ni siquiera en el mismo mundo. La luz que se proyecta oblicua por las ventanas es de un dorado oscuro muy normal, en lugar del violeta maléfico de un ocaso interminable; el fuego de la chimenea se agita cálido y alegre, y es probable que no se haya encendido para calentar unos zapatos de metal al rojo vivo, ni para hervir sopa con humanos dentro. El lugar me recuerda mucho a la cabaña de Zellandine, con la salvedad de que está un poco más vacío y parece más nuevo.

Estoy a punto de dar por hecho que he tomado un giro equivocado en la nada entre mundos, pero veo a Reinalda. La reina, mi reina, está sentada en una mesa pequeña y juguetea con algo brillante.

Emito un ruido breve y vergonzoso con la garganta, uno que casi podría considerarse un gimoteo. Ella alza la vista.

Y está… bien. Puede que un poco cansada, pero no está atormentada, ni aterrorizada. Tiene una costra roja alrededor de una de las fosas nasales, pero no le veo ninguna herida mortal. Aún lleva esa camisola de un color blanco impoluto, ahora manchada tras pasar por la prisión, y también una capa que le cuelga de los hombros. Está descalza y apoya en el suelo los pies, que tienen la piel perfecta y sin heridas.

Frunce una de las comisuras de los labios. Tiene un resplandor en los ojos que no llega a ser del todo maligno.

—Pero si es la dama Zinnia —dice, arrastrando las palabras—. ¿Has venido a rescatarme?

—Yo… —Echo un vistazo alrededor, y veo que el lugar insiste casi con violencia en no ser amenazador—. La verdad es que todo esto molaba mucho más en mi imaginación. ¿Cómo es que no necesitas que te rescate? —Recuerdo cómo, hace tiempo ya, deseaba que las princesas se rescatasen ellas solas—. Lo último que vi fue cómo los cazadores iban a por ti por haber asesinado a su monarca inmortal.

—Sí, bueno, pero te marchaste antes de que la cosa se pusiera interesante.

Lo dice mientras parpadea con picardía, y vuelvo a sentir un peso en el estómago. Me sorprende que haya hueco ahí dentro a estas alturas, la verdad.

—No quería… —Me obligo a mirarla a la cara—. No quería marcharme, quiero decir.

Reinalda se encoge de hombros, haciendo como si no le importase.

—¿Por qué no? Era lo que tenías que hacer.

—Pero tú no lo hiciste. Podrías haberlo hecho, pero decidiste quedarte. —Lo que, visto lo visto, significa que una villana salida de un libro de cuentos de hadas tiene más ética que yo—. Sea como fuere, Charm consiguió sacarme por el espejo. De lo contrario, no te habría dejado allí. Lo juro.

Reinalda aparta la mirada y dice, en voz baja:

—Lo sé. —Vuelve a mirarme—. Puede que decidiera quedarme por eso.

La intensidad de su contacto visual después de dicha frase me hace pensar que no me odia, y si el multiverso dejase de romperse y la gente dejase de atacarnos por un instante, la cosa acabaría con mucho más que con un par de besos torpes y apresurados.

—Siéntate aquí. —Reinalda hace un gesto en dirección a otra silla. No se ha ruborizado, pero tiene el cuello más rosado de lo que recordaba—. Si te hubieses quedado unos treinta segundos más, habrías visto a Roja y a los suyos aparecer de repente por el patio, lanzar la corona de Blancanieves al fuego y desatar una revolución espectacular.

Parpadeo unas cuantas veces. No recuerdo ninguna versión de Blancanieves que termine con un alzamiento antimonárquico.

—No jodas.

—No jodo. Al parecer, sus padres estaban muy bien considerados dentro de dicho movimiento revolucionario, y Roja los convenció para acelerar sus planes con el fin de ayudarnos. —Reinalda me dedica una sonrisa breve e irónica—. Nunca se me ocurrió que la persona a la que salvas acabe devolviéndote el favor. Es posible que la supervivencia sea menos solitaria de lo que creía.

Pienso en Charm y en Primu, que me salvaron y aún esperan que me quede y les devuelva el favor.

—A mí sí que se me había ocurrido.

La voz me suena pastosa.

—Creo que no tardarán en coronar a Roja. Lo digo porque he oído conversaciones en las que se habla de instaurar una monarquía simbólica en lugar de política, y también algo de un grupo de representantes electos, lo que en mi opinión suena demasiado complicado, pero… —Reinalda se encoge de hombros—. Supongo que más o menos es el final que esperábamos. La niña inocente se sienta en el trono y la bruja mala muere al final.

—¿Lo está? ¿Está muerta?

Reinalda me mira a la cara y luego aparta rápido la mirada.

—No —responde en voz baja—. No sé cómo terminará su historia, ni si una criatura así puede redimirse, pero… rogué que se le perdonase la vida. Construirán una tumba de cristal para que todos los que quieran vean la prueba de su derrota. Y para asegurarse de que sigue dormida.

Tengo unas ansias repentinas de extender el brazo por encima de la mesa y taparle la mano con la mía, pero las reprimo al recordar que ya no soy una joven moribunda, ni una heroína. Lo hago.

126

—¿Y cómo terminaste aquí? ¿Dónde estamos?

Reinalda pone la mano con la palma hacia arriba sin apartar la mía. El cuello le reluce con una iridiscencia coralina.

—No me apetecía en exceso quedarme demasiado tiempo en el castillo. Roja y sus padres parecían muy agradecidos, pero a sus amigos no les gustaban demasiado las brujas ni las reinas, de modo que me marché. Y encontré esta casita que me esperaba en el bosque, como siempre. —Esta vez me da la impresión de que le ha costado mucho sonreírme—. Y por eso supongo que ahora estoy destinada a pudrirme en esta pequeña cabaña. Mejor eso que dejar que me torturasen hasta morir, la verdad.

Oigo la condescendencia que destila su voz mientras describe la misma vida mediocre que me espera en mi mundo. No está muerta, pero no es más que alguien sin poder ni nombre algunos, atrapada entre los márgenes de un cuento que no le pertenece. No ha podido disfrutar de un final feliz porque no es la protagonista.

Empiezo a buscar alternativas a la desesperada. Una voz muy parecida a la de mi psicóloga dice: «¿Ya estás negociando otra vez?».

No le presto la menor atención.

—Y si… Quizá podrías… —Bajo la mirada a la mesa, donde ha colocado una serie de esquirlas aserradas de un espejo roto. Las ha vuelto a colocar con mucho cuidado en el marco de plata abollado, y hay un hueco a la izquierda en el que falta una de ellas—. Podrías venir a mi mundo conmigo. El espejo aún funciona…

Reinalda me aferra los dedos, pero habla con tono nostálgico:

—¿Y quién sería en tu mundo?

—No lo sé. Supongo que nadie en particular.

—Aquí tenía la esperanza de ser alguien, algún día. ¿No es una estupidez?

Me dan ganas de zarandearla.

—No me refería a ser nadie de verdad, sino a ser algo que no esté relacionado con la magia ni con la realeza. Podrías ser química, o pitonisa, o algo así. Lo que quieras ser. Yo te ayudaría.

Reinalda suspira de una manera que me recuerda inevitablemente a la doctora Bastille.

—Lo sé. Gracias. —Después desliza la mano con suavidad lejos de la mía—. Pero oí lo que te dijo Zellandine. No puedo ir contigo, y tú no puedes quedarte aquí sin causar un destrozo. —Baja la voz—. No podemos pasarnos la eternidad huyendo de nuestros cuentos.

—No.

No sé si estoy de acuerdo o en desacuerdo con ella. Siento los labios entumecidos.

Reinalda se levanta despacio de la mesa y coge un libro de una estantería. Tiene una cubierta de tela roja y ajada, y una mancha púrpura en el dorso.

—De alguna manera, estaba aquí cuando llegué. Supongo que tienes que llevarlo de vuelta a tu mundo.

Se esfuerza por decirlo con naturalidad, pero veo cómo acaricia el lomo con el pulgar.

Extiendo el brazo para cogerlo, con una fuerte sensación de irrealidad, y me pongo a pasar las páginas porque es lo que hay que hacer cuando alguien te da un libro y no sabes qué decir. Las ilustraciones de Rackham pasan a toda velocidad, como sombras enmarañadas: ramas y vestidos de gala, torres y espinas, toda una variedad de cuentos oscuros, contados tantas veces que al final se han convertido en realidad.

Recuerdo a la doctora Bastille cuando dijo: «La existencia de un cuento siempre implica la existencia de alguien que lo cuenta». Supongo que tiene que haber habido una primera vez en la que se contó cada uno de estos cuentos, un momento en los lejanos confines del pasado, siglos antes de que los hermanos Grimm pensaran siquiera en sacarles beneficio económico. Es probable que los contase alguien entre susurros junto a una hoguera o mientras grababa ilustraciones con barbas de ballena en las paredes de una cueva, creando sin querer nuevos universos.

Un acceso repentino y algo histérico de esperanza me hace reparar en que, en realidad, soy una persona bastante normal. Lo único que evita que empiece a escribir un nuevo cuento es el hecho de que se me da bastante mal y abandoné las clases de escritura creativa después de tres semanas para no tener que sufrir con el notable alto que seguramente habría sacado. Me siento demasiado cohibida e imbécil siempre que me siento a escribir, muy consciente de que no hago más que inventarme tonterías. Pero tal vez todos los cuentos sean mentiras hasta que dejan de serlo. Y tal vez no haga falta que lo cuente yo sola.

—¿Tienes una pluma?

Lo digo con una voz del todo normal, como si no notase el pulso en la garganta, como si los latidos de mi corazón no dependiesen del éxito o del fracaso de este plan casi improvisado.

Reinalda saca una pluma bien recortada y un tarro de tinta, y luego me mira como si mi estabilidad mental le preocupase en cierto modo. Paso las páginas hasta el final, después del posfacio y de la nota del editor sobre el tipo de letra, después de la última de las enredaderas retorcidas de Rackham. Hay tres páginas adicionales, del todo en blanco.

Acerco la pluma a la primera de ellas y escribo: «Érase una vez...».

Y me da la impresión de que el universo me escucha. Siento un latido silencioso bajo los pies, el punteo de una cuerda demasiado vasta como para ser oída. Las ventanas repiquetean en los marcos.

Añado entre titubeos un par de frases más, sobre una princesa que creció para convertirse en una reina pero que acabó como villana, y luego terminó como heroína. Giro el libro para dejarlo frente a Reinalda y lo deslizo sobre la mesa.

—Te toca.

Ella lee la página y se queda muy quieta mientras aprieta los dientes. Se le mueve un músculo en la mandíbula.

—No sé lo que va a pasar a continuación.

Le tiendo la pluma.

—Es tu cuento. Tú dirás.

No sé si ha entendido lo que quiero hacer o si cree que lo que hago no es más que un ejercicio de psicología inútil, pero la mano empieza a temblarle cuando agarra la pluma. Se queda sentada durante un rato, girando la pluma entre los dedos y mirando la página con el ceño fruncido. Después empieza a escribir.

Tarda mucho más de lo que esperaba. Reinalda hace una pausa después de cada oración para hacer eso de quedarse mirando con el ceño fruncido durante un rato. Tacha párrafos enteros y luego los reescribe, varias veces seguidas en muchos casos. En un momento dado, parece que va a arrancar la página y tirarla, como una novelista de una de esas pelis malas, pero supongo que luego recuerda que está escribiendo en mi libro favorito de la infancia. Se contiene y tacha otro párrafo.

La miro y escucho un sonido que no soy capaz de oír, con la esperanza de un futuro que aún no existe.

Cuando termina ya ha anochecido. No suelta la pluma con gesto triunfal, ni nada por el estilo, pero sé que ha terminado el cuento porque lo siento. Los latidos han cesado. El aire ha cambiado. Es como si se hubiese abierto una puerta invisible y dejado entrar una brisa que huele a escarcha y a manzanas frescas.

Reinalda suelta un breve suspiro y se endereza para apartarse de las páginas.

—Tiene buena pinta —digo por encima de su hombro, y la reina se asusta tanto que está a punto de ahogarse. Al parecer, no se había dado cuenta de que me había puesto en pie, había ido a buscar velas, le había preguntado tres o cuatro veces si tenía hambre y había terminado por rendirme para luego ponerme detrás de ella. Le doy una buena palmada en la espalda—. Pero necesita un título.

Cuando Reinalda deja de toser, pasa la página hasta el principio del cuento y luego el dedo por el espacio vacío que hay encima de las palabras «Érase una vez».

—No sé qué nombre ponerle. —Lo dice con voz ronca y grave—. Nunca había hecho algo así.

Arrastro mi silla alrededor de la mesa para sentarme en la esquina que tiene al lado.

—Bueno, tú eres quien decide, pero los Grimm solían ponerle el nombre de su protagonista a los cuentos.

Se queda quieta a mi lado. Solo mueve los ojos para mirar a los míos. Intento convencerme de que es cosa de las velas que luzcan así, relucientes y con llamas en el interior. Nadie tiene ojos de los que emane luz. Nadie tiene una mirada capaz de arder.

Escribe el nombre sin decir nada.

Leo la palabra, fingiendo que no he reparado en el par de lágrimas acuosas que han caído en la página de al lado.

—Sabes que cuando te llamé así me estaba quedando contigo, ¿no? Puedes elegir el nombre que quieras.

—Ya lo he hecho. —Consigue sonar imperiosa, como si no tuviese la voz quebradiza—. ¿Cómo sabremos si ha… funcionado?

No respondo. Deslizo la última esquirla del espejo sobre la mesa, la que Prímula me quitó del pelo. Luego la coloco en el hueco que falta. Miramos nuestros rostros en la superficie, partidos y resquebrajados, pero tal y como somos: una mujer de barbilla afilada con una camiseta sucia y una reina de gesto ansioso y serio con una cantidad sorprendente de pecas.

La única diferencia es lo que tenemos detrás. En el espejo no se ven paredes blancas. El fondo parece distante y distorsionado, pero me da la impresión de ver un paisaje fértil e inclinado y la silueta de lo que parece ser un castillo. Un nuevo cuento que se extiende a nuestro alrededor en todas direcciones.

Cojo la mano de Reinalda y la coloco con suavidad sobre la superficie del espejo. Los dedos lo atraviesan como si fuese una ventana abierta.

En esta ocasión, no me arrastra al espacio entre mundos. Me contempla con gesto inquisitivo en la mirada y yo me encojo de hombros:

—Por una vez más, no creo que pase nada.

Reinalda sonríe. Caemos juntas a la vastedad de esa nada, donde mi cuerpo imaginario se afana por respirar un aire que no existe, donde lo único real es el calor de la mano aferrada con fuerza a la mía.

11

Dependiendo de cómo se hagan las cuentas, este podría ser mi cuadragésimo noveno o quincuagésimo «fueron felices y comieron perdices», pero me da igual. Resulta que al final no estoy tan cansada de ellos.

Aún tendrían que faltar horas para el amanecer, pero de alguna manera hemos llegado en ese instante perfecto de justo después de que salga el sol, en el que la brisa sopla desde el horizonte y agita la hierba alta. La luz del sol transforma la escarcha en rocío, y el rocío en neblina, que serpentea como un gato alrededor de nuestras faldas. Volvemos a estar rodeadas por árboles, pero estos no son oscuros ni retorcidos. Están dispuestos en hileras largas y ordenadas, con ramas que se extienden hacia el suelo. Nos hallamos en un vergel durante el amanecer.

Reinalda ha empezado a dar vueltas en círculos muy despacio y con cautela, como si esperase a que alguien saltara desde detrás de un árbol y gritase: «¡Aprehendedlas!». Pero nadie lo hace. En lugar de eso, la niebla se disipa para dejar al descubierto un castillo de piedra clara que se alza en una colina distante. No es muy grande ni grandioso y, en lo que a castillos se refiere, podría contarse entre los modestos. Por si fuera poco, está sucio y da la impresión de que en su interior hay estancias vacías y tronos sin ocupar. Pero con eso le basta a Reinalda, lo sé. Se queda boquiabierta mientras lo contempla.

Un trono propio. Un fueron felices y comieron perdices ideal para una reina. Tengo que recordarme que yo no soy ni reina ni princesa, y que este cuento no me pertenece.

Supongo que Reinalda se abalanzará hacia el castillo, pero vuelve a girarse hacia mí. Tiene una sonrisa amplia que la hace parecer más joven; es la sonrisa propia de alguien que contempla las cosas embelesado. Y no hay velas alrededor con las que justificar la manera en la que le relucen y arden los ojos.

—Es mejor de lo que imaginaba.

Me agarro por los codos para no cometer una estupidez, como lanzarme a sus brazos.

—Sí, no está mal. —La lengua tarda unos segundos en despegárseme del cielo de la boca—. Te pega.

La cautela se extiende brevemente por su gesto. Después habla con tono arrogante, como hace siempre que está insegura.

—¿Y crees que también podría pegar contigo?

—Sí, claro. —Me resulta más fácil hablar con ella cuando tengo los ojos cerrados—. Pero sabes que no puedo quedarme.

—Por el daño que le harías al universo.

En su voz resuena una aflicción que me resulta muy halagadora.

—Sí, y también porque Charm me mataría. —Y Prímula ocultaría el cuerpo. Y mis padres dirían en el juicio que me lo tenía merecido—. En mi mundo hay personas que me necesitan.

—Nunca dejarás de hacerte la heroína.

Noto cierta amargura en su voz.

—No, yo también las necesito. Es que... forman parte de mi cuento. Y no puedo seguir huyendo de ellas.

Consigo hacer de tripas corazón para abrir los ojos y ver a Reinalda mientras me mira, con una mirada reluciente que quiero que sea lo contrario a la pena... Puede que admiración, o compasión. Me clavo las uñas en los codos.

—Bueno, pues disfruta de tu fueron felices y comieron perdices.

Reinalda frunce los labios en una expresión demasiado triste como para plantearse siquiera considerarla una sonrisa.

—¿Sabes qué? He llegado a la conclusión de que no creo que existan.

Arqueo las cejas ante la perfección bucólica que nos rodea, parecida a un cuadro de Cézanne que hubiese cobrado vida.

—Pues quién lo diría.

Reinalda da un paso y me tiende el libro de cuentos de hadas encuadernado en rojo.

—La última frase fue la que más me costó escribir. Intenté hacerlo sin más, pero se me ponían los pelos de punta. Sentí que era una promesa que no sería capaz de cumplir, un cuento que no podía llegar a terminar.

Paso las hojas hasta la última, que ya no está en blanco. La mano le había dejado de temblar al llegar a ella, porque las tres últimas palabras están escritas con una caligrafía firme y delicada: «Y fue feliz». El punto y final es negro y rotundo.

Y luego me doy cuenta avergonzada de que estoy a punto de ponerme a llorar. Puede que sea porque he pasado mucho tiempo sin dormir o sin comer, y que tenga los nervios a flor de piel. O puede que sea porque me he enamorado perdidamente de la (antigua) villana y no quiera dejarla allí. También es posible que nunca se me haya ocurrido que baste con ser feliz, sin más, sin perdices ni nada, lo más que puedas y durante todo el tiempo que te sea posible.

Unas manchas de humedad han caído en la página y emborronado la caligrafía perfecta de Reinalda. Tiene la delicadeza de no hacer ningún comentario.

Oigo las suaves pisadas de sus pies descalzos y después el murmullo de la hierba, como si acabase de arrancar algo de una rama. Veo el dobladillo de su camisola y las manchas de hierba en las puntas de los dedos de sus pies. Si tuviese la entereza suficiente como para alzar la vista, vería que ha colocado el rostro a pocos centímetros de mi cara. No lo hago.

—Bueno. Pues me quedaré por aquí, tú volverás a casa y las dos seremos felices.

Reinalda lo dice con naturalidad y muy tranquila. Cabeceo en dirección a mi libro y lloro un poco más fuerte.

Ella me coge de la mano y pone la palma hacia arriba. Coloca en ella algo suave y redondo: una manzana. Tiene la piel vidriosa y del rojo envenenado que solo existe en los cuentos de hadas.

Río mientras me sorbo los mocos.

—Las viejas costumbres nunca mueren, ¿eh? —Me enjugo la cara con el hombro—. Si le doy un mordisco, ¿caeré sumida en un sueño mortal e interminable?

La respiración de Reinalda agita el vello de mi rostro.

—En caso de que te ocurriese algo así, conozco a alguien que te daría un beso para devolverte a la vida.

Nuestros cuentos son iguales en ese sentido: una joven sumida en un sueño maldito que despierta gracias al amor verdadero. Es un punto de convergencia muy extraño, una resonancia que me pone la piel de gallina. Decido hacerle caso omiso. Me da demasiadas esperanzas.

En lugar de eso, alzo la vista hacia Reinalda y me llevo la manzana a los labios. Ella contempla cómo clavo los dientes en la piel y se queda ojiplática y muy seria, como si acabara de resolver una ecuación muy complicada.

Me gustaría decir algo seductor e inteligente, algo que aumente las posibilidades de que esta escena termine con nosotras enrollándonos, pero lo único que soy capaz de decir es:

—Sabes que en la versión de los hermanos Grimm no había beso alguno, ¿verdad? Blancanieves se limita a escupir un trozo de manzana.

Un dedo frío me roza el mentón y luego me levanta un poco la cabeza hasta que consigo mirar directamente los ojos negros y sedosos de Reinalda.

—Este es mi cuento, y voy a contarlo como a mí me dé la gana.

Si la situación fuese más romántica, seguramente podría describir su voz como un «ronroneo», podría decir que aún no ha quitado el dedo de debajo de mi barbilla y que, si me pusiese de puntillas, nuestros labios llegarían a rozarse.

—Eh… —Trago saliva. Noto la acidez de la manzana en la garganta—. La verdad es que no tengo por qué marcharme ya mismo. A ver, le dije a Primu que iba a volver, y lo decía en serio, pero no es que le diese una fecha ni una hora específicas…

No termino la frase, porque la reina me da un beso y yo se lo devuelvo. Ni siquiera hace falta que me ponga de puntillas, porque ella se inclina hacia mí.

Técnicamente, es nuestro tercer beso, supongo, pero yo diría que los primeros dos no cuentan. Nos los dimos en situaciones desesperadas y quedaron interrumpidos por nuestros devaneos por el multiverso o por atentados contra nuestras vidas. Pero no hay nada que interrumpa este. Podría decirse que nos hallamos en el cruce de caminos entre nuestros cuentos, en un reino solo habitado por dos personas que se besan durante el amanecer de un nuevo mundo. Y hacemos mucho más que darnos un beso, pero eso quedará entre la reina y yo.

Más tarde, y cuando digo «más tarde» me refiero a mucho más tarde, salimos del vergel y nos dirigimos hacia el castillo por las colinas. Cruzamos los pasillos sin hablar, dándonos la mano y sin la menor prisa. Al final llegamos a una escalera de caracol ascendente, y la subimos hasta llegar a una habitación redonda que se encuentra en lo más alto de la más alta torre.

Reinalda me da otro beso, y noto un breve atisbo de calor contra la mejilla.

—Gracias —susurra, y me suelta algo redondo y liso en la mano izquierda.

—En Ohio tenemos manzanas, ¿sabes?

—Bien. Entonces podrás reservar esta para el final.

Lo dice a la ligera, pero vuelvo a ver esa mirada calculadora en sus ojos. Supongo que las reinas malas no pueden evitar urdir planes.

Reinalda sostiene el espejo mágico frente a mí. Me quedo allí de pie, mirándome, tratando de convencerme a toda costa de que es suficiente, de que todo ha salido bien. Pero mi reflejo dice lo contrario: tengo la cara pálida y afilada, fracturada a causa de la aflicción.

Al menos en esta ocasión, cuando toco el cristal y caigo en ese espacio entre mundos, no estoy huyendo ni me urge rescatar a nadie. No voy en busca de un érase una vez ni espero, en secreto y avergonzada, a que llegue mi fueron felices y comieron perdices. Es esta ocasión me limito a intentar vivir. Feliz.

❋ ❋ ❋

Abro los ojos cuando toco el suelo con los pies. Me encuentro en el baño pequeño de Charm y de Primu, contemplando mi cara en el espejo del mueble que tienen encima del lavabo. Oigo tenues ruidos domésticos procedentes del otro lado de la puerta: el zumbido de una aspiradora, el repiqueteo de una cucharilla.

No he conseguido reunir las fuerzas suficientes para abrir la puerta, así que me pongo a examinar la manzana que tengo en la mano. Es de ese mismo rojo improbable y reluciente, pero no está inmaculada. Da la impresión de que alguien ha clavado una uña y atravesado la piel, una y otra vez, para escribir un mensaje en la superficie:

MUÉRDEME

Le dedico una sonrisa apenada, y luego oigo la voz de Reinalda que resuena en mi cabeza: «Conozco a alguien que te daría un beso para devolverte a la vida».

Y también: «Para el final».

Dejo de sonreír. El corazón empieza a latirme irregular, con unos latidos que percibo como algo muy lejano. Me pregunto por qué me sorprende tanto. Cuando una salva a alguien, a veces esa persona te devuelve el favor.

No sé si va a funcionar. No sé si Reinalda va a esperarme tanto tiempo o si su beso será capaz de sanarme, o si al hacerlo romperíamos de manera irreversible las leyes del universo. Pero ¿qué leyes estaríamos rompiendo en realidad? Una joven desventurada se ve sumida en un sueño horrible, y su verdadero amor la despierta. Esa parte de la trama podría pertenecer al cuento de cualquiera de las dos, ¿verdad? Se me antoja como un vacío legal, un truco, una oportunidad. Esperanzador, en cierto sentido.

Mi cuento terminará, como lo hacen todos, pero ahora ignoro cuándo o dónde será. Lo único que tengo claro es lo que va a pasar a continuación, y creo que es suficiente para mí.

Coloco la manzana con cuidado en el borde del lavabo y carraspeo.

—¿Hola? ¿Chicas?

La aspiradora se queda en silencio. Se oye una conversación ahogada («¿Quién narices ha dicho eso?» «Parecía...» «Se va a enterar.»).

Alzo la voz y le sonrío a mi reflejo.

—Ya estoy en casa.

AGRADECIMIENTOS

*H*e pasado medio día intentando que se me ocurra algún paralelismo con una Blancanieves atormentada para estos agradecimientos (quizá podría comparar a mi equipo editorial con siete enanitos que me han salvado la vida, ¿no? A ver qué se me ocurre con lo del espejo mágico), pero he fracasado estrepitosamente, por lo que lo único que tengo es una lista humilde y mucha gratitud. Este cuento le debe la vida a:

Mi agente, Kate McKean, que nunca se rinde.

Mis editores, Jonathan Strahan y Carl Engle-Laird, que confían y dudan de mí en su justa medida.

A David Curtis, el ilustrador de la cubierta, y a todo el equipo de Tordotcom. No tenían por qué esforzarse tanto, pero lo han hecho de todos modos. También me gustaría dar las gracias a Irene Gallo, Greg Collins, Christine Foltzer, Matt Rusin, Oliver Dougherty, Isa Caban, Giselle Gonzalez, Megan Barnard, Eileen Lawrence, Amanda Melfi, Dakota Griffin, Jim Japp, Sarah Reidy, Lauren Hougen, Rebecca Naimon, Michelle Li, Kyle Avery y a todo el equipo de *marketing* de Tor.

A la experiencia de J. D. Myall, que me salvó de mí misma, y a los comentarios reflexivos, pacientes y generosos de E. J. Beaton, H. G. Parry, Shannon Chakraborty, Rowenna Miller y el resto del búnker de los bendecidos.

También a los amigos con los que hemos quedado durante el principio de esta década miserable, que nos han preparado buenos *brunches*, cuidado de los niños y también nos han dejado Gatorade en el porche cuando estábamos enfermos.

A mis hermanos, Eli y Larkin, por todos los memes y las noches de pelis.

A mis hijos, por todo el caos, y a Nick, por todo el orden, y también por el buen humor, la comida y la música. Es el tuétano de mi existencia, el calor del centro de todo mi ser y también la persona que, mientras escribo esto, está camelándose a un niño de tres años para que salga de uno de los aparadores de la cocina.

Este libro utiliza el tipo Aldus, que toma su nombre
del vanguardista impresor del Renacimiento
italiano, Aldus Manutius. Hermann Zapf
diseñó el tipo Aldus para la imprenta
Stempel en 1954, como una réplica
más ligera y elegante del
popular tipo
Palatino

El espejo enmendado se acabó
de imprimir en un día de primavera de 2023,
en los talleres gráficos de Egedsa,
Roís de Corella 12-16, nave 1
Sabadell (Barcelona)